Une vie cachée

Du même auteur

Le Cimetière américain
Prix Robert Walser
Éditions Champ Vallon, 2003
J'ai lu n° 9667

Jura
Éditions Champ Vallon, 2005
J'ai lu n° 10196

Démon
Éditions de l'Olivier, 2009
Points n° P2440

L'Inconscience
Éditions de l'Olivier, 2012
Points n° P3098

Le Roman impossible
Éditions de l'Olivier, 2017

THIERRY HESSE

Une vie cachée

ÉDITIONS DE L'OLIVIER

ISBN 978.2.8236.1841.9

À P.-J.

« Un secret même pour le cœur qui en est le plus proche. »

Charles Dickens

1

L'hiver dernier, j'ai demandé à mon frère de retrouver pour moi le portrait de notre aïeul. J'étais persuadé que le jour de sa découverte dans l'appartement de notre père, il l'avait emporté pour le ranger dans sa maison. Cet après-midi-là, quand il m'avait tendu la photographie de Franz (que nous appelions encore de cette façon), je l'avais regardée par simple curiosité. Il s'agit d'un portrait-carte du tout début du XXe siècle représentant un homme très jeune, presque un adolescent, posant dans un uniforme d'une armée étrangère. Que cette image inattendue ait traversé intacte une centaine d'années avait suscité chez moi un sentiment vaguement rêveur, comme cela nous arrive devant des objets insolites ou désuets. C'est tout. Après, je me rappelais le lui avoir rendu, sans faire de commentaire. Et puis l'appartement avait été vidé, du temps était passé, le portrait de Franz m'était sorti de l'esprit. C'est une image qui ne comptait plus pour moi, que j'avais oubliée. Ou plutôt je croyais l'avoir oubliée.

Par deux fois depuis, elle m'est revenue comme quelqu'un que l'on croit disparu et qui vous téléphone une nuit. Vous êtes en train de dormir, la sonnerie vous surprend dans votre sommeil, elle insiste, alors vous ouvrez les yeux, tendez le bras, décrochez : à l'autre bout du fil, c'est le revenant. Il ne demande rien ni même personne, ne parle pas, ne se plaint pas, vous entendez seulement son souffle et vous savez que c'est lui.

Comme j'avais adressé à mon frère un courriel dans lequel je lui expliquais que, par suite de recherches que j'avais entreprises, j'avais absolument besoin de revoir le portrait de Franz, c'est par le même canal que, la semaine suivante, il m'a répondu : « J'ai regardé presque partout et je n'ai rien trouvé. Pour d'autres raisons, je dois fouiller dans les photos de famille et je penserai à ta demande, on ne sait jamais. »

La maison de mon frère est grande et désormais il y vit surtout seul. Si elle a conservé la même disposition, le même ameublement qu'auparavant, les gestes et les déplacements qu'il y effectue dessinent peut-être une autre manière de l'habiter, mais que pouvait signifier qu'il avait « regardé presque partout », en ajoutant qu'il chercherait ensuite dans les photos de famille ?

Ce paradoxe, devais-je l'interpréter comme une inattention de sa part, un désintérêt vis-à-vis de ma requête, ou bien devais-je supposer que l'unique portrait que nous possédons de notre aïeul photographié l'année de ses vingt ans ne pouvait faire partie, selon mon frère, des « photos de famille », catégorie sensible qu'il ne réservait qu'aux images de son épouse et de ses enfants ? Interprétation plus vraisemblable (mon frère a toujours fait preuve d'un esprit parfaitement cohérent), mais ô combien étrange et lourde de sous-entendus. Possible aussi que ce portrait n'ait pas de valeur pour lui ou, au contraire, le gêne (ou même lui fasse honte).

Le lendemain de son courriel, je lui ai écrit : « Rien de grave, mon frère, et merci en tout cas. Avec un peu de chance, un jour prochain, tu vas tomber sur ce que je cherche. »

Mais était-ce le fond de ma pensée ?

Le dimanche suivant, ma femme, prise d'un doute après que je lui eus relaté mon trouble, a décidé de lancer ses propres recherches jusqu'aux moindres recoins de notre maison, et c'est elle qui, au terme d'explorations minutieuses, a mis la main sur la photo que je convoitais.

Je l'avais rangée dans une boîte en plastique déposée à la cave.

Franz : à présent je voudrais ne plus l'oublier – comme je l'ai oublié en 2008 dans l'appartement de notre père ; et, de nouveau, deux ans plus tard, après y avoir pensé au cours de mon intervention sur « les catastrophes », une pensée si soudaine et imprévisible qu'elle me fit l'effet d'une brûlure et que, la voix nouée par une agitation intérieure, je m'étais senti incapable d'achever la lecture du texte que j'avais préparé avec soin ; pourtant, le colloque terminé, quelques jours s'étant écoulés, je l'avais, une fois de plus, oublié.

Je l'avais oublié mais c'est moi qui avais remisé sa photo à la cave. Était-ce pour la mettre à l'abri ? Pour ne plus l'avoir sous les yeux ? M'en détourner avec mauvaise conscience ? Et les interrogations que j'avais sur mon frère, n'est-ce pas à moi qu'elles s'adressaient ?

*

Au début ou peut-être au milieu des années 1950, l'ancien tailleur « Franz Etgen » (prononcé « Etgêne » ou « Etjeune ») – ainsi que j'ai d'abord cru qu'il s'appelait – loua, après avoir passé plus de la moitié de son existence à la campagne, un logement de modestes dimensions dans un quartier extérieur de la ville, où il vécut sans bruit jusqu'à sa mort survenue à l'été 1974. Comme les vieillesses qui s'écoulent éloignées des regards n'intéressent pas grand monde, il y a certainement peu à dire au sujet de « Franz Etgen ». Pour des anonymes tels que lui, le temps a tout sabré : ce qui, de son vivant, faisait battre son cœur, enthousiasmait ses sens, animait son esprit, n'a plus de réalité pour personne, et alors qu'il est mort depuis longtemps maintenant, qu'est-ce qui justifierait qu'on le ressuscite ? Rien.

Rien, sauf qu'il se trouve qu'au cours de cette période de quelque vingt ans durant laquelle « Franz Etgen » habita notre ville, je lui fus confié une année entière – plus précisément une nuit et une journée de chaque semaine ou presque que compta l'année 1966, et une partie des vacances scolaires de cette même année. Mes parents s'étaient résolus à cette décision. Je venais d'avoir sept ans, ma mère, contre la volonté de mon père, avait obtenu un emploi chez un architecte, et il leur importait qu'un adulte en qui ils puissent avoir pleine confiance veille sur l'enfant que j'étais et lui évite d'être livré, selon l'idée que se faisait mon père de la façon qu'un jeune garçon doit découvrir le monde, complètement à lui-même.

Seulement ma mère, là aussi, ne voyait pas les choses comme mon père.

À cette époque toutefois, je ne me posais encore aucune des questions lancinantes de ces derniers mois, lorsque, repensant aux conditions matérielles qui étaient celles de « Franz Etgen » – des conditions si différentes de celles de mes parents qui jouissaient d'une vie nettement plus confortable, petite-bourgeoise même –, y repensant et les revoyant en détail, je fus le premier surpris par les mots d'abord, par les images ensuite, qui ont surgi chez moi au moment de les décrire.

Le logement que Franz habitait se situait dans une espèce de tunnel à la périphérie de la ville et tout donnait l'impression qu'il s'y était terré, de la même manière qu'il avait, tel un ascète des temps antiques, réduit sensiblement son existence à un minimum de faits et de mouvements, et sa vie sociale (si l'expression a ici un sens) à un nombre très restreint de liens et de contacts.

L'évocation d'une vie quasi ascétique et claustrale à propos de Franz pourrait, de loin, faire penser à quelque pratique spirituelle consistant en l'instauration d'un temps neuf, ralenti mais lucide, susceptible d'entraîner chez celles et ceux qui s'y adonnent un mode de vie différent, plus contemplatif qu'actif. Ne connaissons-nous pas autour de nous des hommes et des femmes vieillis (je me refuse à employer le mot dégradant de « vieillard ») qui, s'étant retirés des affaires pressantes, semblent renoncer au réel avec d'autant plus de persévérance qu'il n'est plus tout à fait celui qu'ils avaient devant eux quand leur être était encore plein de sève, de désirs, et à qui, par une bienveillance hypocrite (quand ce n'est pas par cynisme), nous concédons une forme de sagesse en nous figurant leur retrait non comme une infirmité mais comme un privilège, un privilège que nous ne leur envions certes pas mais qui au fond nous rassurerait presque : l'image de la vieillesse sereine où le monde est regardé avec placidité depuis des lunettes à double foyer et un fauteuil chauffant.

Or selon moi il n'existait rien de tel chez Franz.

Aujourd'hui si je pense à lui, et quand bien même je m'aperçois combien ce rapprochement peut paraître cruel, c'est l'image non d'un sage mais d'une de ces créatures animales et solitaires qu'on découvre dans certains récits de Kafka qui se superpose aux maigres souvenirs que j'ai gardés de notre aïeul. Je dis « aujourd'hui » car, enfant, ce que j'observais me semblait normal et je ne me rappelle pas que ma conscience en fut heurtée. Pour l'expliquer, je dirais qu'à cet âge-là la complexité de l'humanité m'échappait totalement (à présent, je ne prétends pas l'avoir comprise, mais je sais au moins qu'elle existe), c'est-à-dire que je voyais seulement des personnes, je ne distinguais pas des conditions ; et c'est plus tard, beaucoup plus tard que, réalisant ce qu'avait été la destinée de Franz, s'est imposé à moi le mot de « réclusion ».

Depuis, ce mot m'obsède. C'est une présence constante qui, sans être invivable, est devenue pernicieuse. Plusieurs fois, j'ai tenté de m'en défaire en me persuadant qu'il était mal choisi, exagéré, injuste, mais ce fut peine perdue. Comme s'il y avait dans ce mot de « réclusion » qui s'est greffé sur ma mémoire, et en particulier sur celle touchant ma famille paternelle, un tourment insistant et presque inextirpable qui fait désormais de ce mot une question.

Cependant, j'ai eu beau sonder mes souvenirs, interroger les rares personnes encore vivantes qui disent l'avoir connu, ou me plonger dans l'un de ces ouvrages érudits et un peu assommants (ce n'est pas le genre de littérature qui a mes faveurs) dédiés aux événements majeurs et collectifs qui ont marqué la vie de Franz (et l'ont même, je crois, marquée au fer rouge), je n'ai pas trouvé de réponse qui puisse, sinon me satisfaire, m'offrir un apaisement.

La difficulté, je dirais, n'est pas que la vie de Franz ait dépendu d'un passé lointain et que ce passé soit si étranger à mon existence actuelle que je serais incapable de le comprendre ni même de le sentir : il y a quelques années, une initiative tapageuse concernant notre ville a fait revenir à la surface un monstre de ce passé, prouvant, s'il en était besoin, que les villes ressemblent aux personnes et que jamais ne s'effacent en elles les couches même très anciennes de leur histoire. Ce qu'on croyait lointain se tient parfois tout proche, comme une sorte de présent éternel : il suffit de regarder. Mais quand, au sein de sa propre famille, on a cultivé le secret, on a fait semblant de ne rien voir, on s'est tenu soigneusement à distance de ce qui n'était ni anodin, ni acceptable, cette réclusion n'est plus seulement une question, elle devient une énigme.

*

Dans ses mémoires consacrés à son père Kingsley, l'écrivain anglais Martin Amis note que, dans la plupart des cas, « le problème de la vie (pense le romancier), c'est qu'elle est amorphe et qu'elle suit grotesquement son cours tranquille ». C'est probable. La majorité des vies que l'on observe autour de nous n'ont rien de très mouvementé ni d'assez passionnant pour mériter d'être racontées. Sauf que ce cours tranquille dissimule parfois des trous sombres, des mystères engloutis. Vous passez au tamis des centaines d'actes quelconques et enchevêtrés, et, au cœur de cette masse fourmillante, émergent une ou deux choses bizarres, incompréhensibles, où l'imagination s'engouffre. Mais avais-je envie d'écrire le roman de « Franz Etgen » ? De disposer de lui comme d'une chose inerte, étrangère, en comblant les lacunes à ma guise, quitte à travestir les faits ? Je préférais m'en tenir à une affaire irrésolue et à l'enquête qu'elle m'inspirait. Je me disais : s'il existe chez Franz une énigme, elle dépend de la question : *Pourquoi cette vie recluse ?* J'échafaudais alors cinq ou six causes possibles (tout en n'excluant pas que l'isolement de Franz ait pu découler de plusieurs) :

– une faiblesse de caractère;
– un dénuement économique;
– une blessure d'orgueil;
– le poids de la vieillesse;
– l'emprise de l'histoire;
– ou, au contraire, l'acceptation volontaire de son sort.

*

Au début de mon enquête, je ne possédais aucun matériau substantiel sur lequel m'appuyer, seule la question me taraudait. Elle avait jailli, sans crier gare, un matin de février 2015 et je m'étais décidé à en faire quelque chose. Cinq ans auparavant (le jour du colloque), elle avait déjà frappé à ma porte mais, naïvement, j'avais cru pouvoir l'ignorer. Désormais, avec ce qui se passait en ville, ce n'était plus envisageable. J'avais ouvert le premier cahier que j'avais sous la main et m'étais mis à consigner, sans suivre de plan ni de fil directeur, les seules images qu'il me restait de Franz. Diverses réflexions aussi et des notes de lectures. Des indications pour moi-même.

En me tournant vers mon enfance, je peux aisément le voir. Les souvenirs défilent et il m'apparaît comme un personnage de film. Un homme de petite taille, au regard clair, frêles épaules, mains atrocement déformées par l'arthrose. Il marche dans l'allée d'un jardin botanique avec une curieuse canne à tête de perroquet, vêtu d'une veste large en lainage gris qui donne l'impression de le grandir, quand la casquette plate à chevrons, grise elle aussi, qu'il ne quittait presque jamais, semble le rapetisser. Un personnage mineur, un rôle muet.

Si je me concentre sur son visage, je ne retrouve rien du portrait-carte en uniforme. Celui-ci se sera abîmé dans la figure parcheminée et comme définitive d'un homme de soixante-quinze ans (l'âge qu'il avait la première fois que je me suis rendu chez lui). Cette figure me rappelle – l'idée n'est pas neuve, j'y pensais même avant sa mort, quand la télévision française passait encore des films en noir et blanc – l'acteur Charles Vanel. Non pas le Charles Vanel jeune homme qui entama sa carrière dans les années 1910, à l'ère du muet, ni celui portant moustache dont nous nous souvenons en général le mieux, en particulier dans *Le Salaire de la peur* de Clouzot où il tient le rôle de Jo, ancien caïd faisant équipe avec un dénommé Mario (joué par Yves Montand) pour conduire un camion rempli de nitroglycérine sur des routes cahoteuses d'Amérique centrale, mais le Vanel de *L'Aîné des Ferchaux*, tourné par Melville, ou celui de *La Vérité*, qu'on doit aussi à Clouzot, film dans lequel il campe un avocat chargé de défendre en cour d'assises une jeune femme impudique et pas moins explosive (Brigitte Bardot), accusée du meurtre de son amant et honnie par une société puritaine, ou bien encore dans l'adaptation légèrement ennuyeuse réalisée par l'ORTF de la saga de Martin du Gard, *Les Thibault*, diffusée en plusieurs épisodes fin 1972, dans laquelle il incarne Oscar, le patriarche despote de la tribu ; quoique, si je devais absolument choisir le film où la ressemblance entre Vanel et Franz, sinon au moral (car il n'était pas plus acteur que despote), du moins au physique, m'émeut le plus dans chacun de ses traits et expressions du visage, et même dans certains gestes, je choisirais, sans hésiter, *Cadavres exquis*, le film de Francesco Rosi (avec Lino Ventura dans la peau de l'inspecteur Rogas), que j'ai vu cette fois non pas à la télévision mais dès sa sortie en salles, en juin 1976 ; je pourrais même dire que si, adolescent, je me suis empressé d'aller voir ce film, c'est pour l'expérience unique qui me serait offerte de remonter le cours du temps en contemplant sur le grand écran du cinéma Éden, peu après la disparition de celui que, enfant, j'avais connu et aimé, le *sosie* de Franz.

Le détail néanmoins curieux et qui mérite, je crois, d'être relevé est que Charles Vanel est né un an seulement après Franz (en 1892). Autrement dit, Charles et Franz avaient sensiblement le même âge. Pourtant, le film de Rosi fut réalisé une décennie après l'année que je passai aux côtés du vieil homme, quand son visage s'imprima en moi pour toujours. Vanel avait donc quatre-vingt-quatre ans au moment du tournage, or étonnamment, peut-être en raison du maquillage, peut-être (ce serait mon interprétation) en raison d'une existence beaucoup plus douce et préservée qui dut être la sienne, Vanel avait, en 1976, la tête de Franz des années 1960 (ou plutôt : Franz, la tête de Vanel dix ans avant son âge). Et cette ressemblance, je le répète, est très impressionnante, même si je n'ai pas, et le regrette, un portrait de Franz datant de cette époque qui pourrait l'attester.

Pour que la ressemblance soit parfaite toutefois, il faut imaginer le procureur Varga (le personnage joué par Vanel dans *Cadavres exquis*) sans pardessus et nu-tête ou, mieux encore, coiffé d'une casquette plate et non de cet élégant chapeau noir, lequel, s'il sied aux notables, n'aurait pu convenir à l'homme que Franz était, à sa vie simple et sans relief.

Il faut imaginer le procureur Varga coiffé d'une casquette.

Une autre vie, plus ouverte, plus accomplie, lui aurait-elle été permise ? Eût-il suffi qu'il se soit un instant éloigné de l'allée du jardin botanique et qu'il ait respiré un air différent ? Que la roue de la fortune ait tourné pour lui autrement ? Qu'il ait porté un couvre-chef plus distingué ? J'aimerais tellement le croire. Quand je le revois avec ce regard clair en cette promenade qui jamais ne varia, je suis persuadé qu'une force avait pris possession de lui. Je le devine à ses épaules, elles sont larges mais me semblent alourdies. Ou bien en examinant sa démarche : lente, comme irréelle. Est-ce l'âge ? La maladie ? Une vieille blessure ? Des impressions renforcées par le fait qu'il s'exprimait si peu au quotidien. Disant cela, je ne vise pas uniquement mes souvenirs (dont les créatures, familières ou non, ont souvent cet air silencieux), mais la vie concrète, la vie vécue, cette vie que lui et moi, chaque mercredi soir et chaque jeudi d'une année entière, avons partagée, rue des Loges.

Au fond, Franz n'appartenait pas à cette catégorie de grands-pères qui, dès qu'ils en ont l'occasion, racontent à leurs petits-fils des histoires. Des histoires qui, enfant, vous captivent, vous étonnent, vous inquiètent parfois. Des histoires dans lesquelles ils se mettent en scène et vous font entrevoir l'univers visible, et aussi invisible, qui fut un jour le leur, comment ils ont, à une époque à présent révolue, perçu, senti, goûté, aimé, voire détesté, les choses que cet univers contenait, vous livrant ainsi, touche après touche, un portrait d'eux jeune homme qui a su affronter ou pas, cinquante ans, soixante ans avant vous, la vie qui leur était échue.

Sans ces histoires, comment savoir qui ils sont, les grands-pères que nous découvrons depuis leur visage illisible de grand-père ? Je dirais aussi : comment savoir qui vous êtes, qui tu es ? Car il est probable que ces histoires jamais entendues m'auraient évité la question qui me hante aujourd'hui : pourquoi cette vie recluse et comme secrète dans le tunnel qui était sa maison et où j'entrai, sans personne pour m'accompagner, un mercredi soir de septembre 1966 ?

2

J'ai de bonnes raisons de croire que, ce jour-là, mon oncle Jack fut prévenu par une infirmière qui avait relevé son numéro de téléphone sur un formulaire déposé à l'accueil, que c'est donc lui, l'aîné, qui pénétra le premier dans la chambre. Prérogative qui ne s'expliquait pas seulement par sa qualité d'aîné mais surtout par le fait que le fils encore célibataire avait la même adresse que le père ou, plutôt, qu'il possédait une chambre dans le logement du père, et donc (comme les téléphones mobiles n'avaient pas encore été inventés) le même numéro de téléphone que le père – ce qui n'implique nullement qu'ils avaient la même vie.

Quand mon oncle Jack entra dans la chambre, les stores étaient baissés et d'étroites bandes d'ombre brunissaient les murs et le plafond. Quelques instants plus tard, mon père le rejoignit. Nous étions un 31 août, en fin d'après-midi, il régnait en ville une chaleur féroce. Tous deux étaient arrivés en voiture, mais séparément. La climatisation n'étant pas répandue en ce temps-là (pas plus dans les voitures que dans les hôpitaux), ils transpiraient dans leur chemise légère et dans leur veste qu'ils n'avaient pas osé enlever, et l'oncle Jack, avec sa forte corpulence (il pesait à l'époque une centaine de kilos), respirait avec des efforts, tout en s'épongeant le front au moyen d'un mouchoir. Ensemble ils s'étaient rapprochés du lit – un lit en tubes de métal blanc –, sentant cette fois une lame de froid passer dans leur dos en sueur, une gêne aussi au milieu de la poitrine, qui ne favorisait guère l'échange de paroles. Mais de quoi au juste auraient-ils parlé ? Tant d'occasions n'avaient-elles pas déjà été manquées ?

Le corps allongé sur le drap avait pour unique vêtement une sorte de chasuble qui lui descendait jusqu'aux chevilles, et la tête aux yeux clos offrait un visage calme, les joues étaient vides, sillonnées de rides, la peau d'un jaune très pâle, éclairée par une lampe au néon, les cheveux gris, clairsemés, avaient été soigneusement peignés en arrière, les oreilles, aux lobes presque translucides, étaient en partie décollées par l'énorme oreiller (blanc lui aussi) où elles étaient figées, quand l'oncle Jack, au bout d'un temps où il ne s'était rien passé, où personne d'autre ne s'était introduit dans la chambre, où tout semblait avoir été prévu pour qu'ils restent seuls avec lui, dit soudain à mon père, Eh bien c'est fini.

Sous un angle légèrement différent, avec cette longue chemise immaculée, cette surprenante quiétude sur le visage (des détails que j'ai entendu rapporter à mi-voix par mon père à ma mère, la nuit où il rentra), on eût pu déchiffrer autre chose. Que cet homme-là, apparemment en paix avec lui-même, en avait terminé avec une existence qu'il eût été fâcheux de poursuivre davantage, et de poursuivre en une routine qui n'était pas seulement morne comme elles le sont toutes, mais impuissante, blessée.

Sait-on toujours à quoi ressemble la mort et si le visage de ceux qui nous quittent explique la vie qui l'a précédée ?

La phrase de Proust lorsqu'il raconte la mort de la grand-mère Bathilde et son visage « redevenu jeune » : « La vie en se retirant venait d'emporter les désillusions de la vie. »

Les emporter ou les enfouir ?

Curieusement, j'ai moi-même oublié ce que j'ai ressenti lorsque mon père, revenu à la maison longtemps après l'heure du dîner, nous apprit brièvement ce qui avait eu lieu dans la chambre de Belle-Isle. La tristesse m'a sûrement envahi, puis, après un laps de temps, elle s'est effacée, discrètement, ne laissant derrière elle pas même son souvenir. À cette époque, j'étais un jeune adolescent, et les personnes qui ont été témoins de mon chagrin – si ce chagrin était perceptible du dehors –, comme celles, peu nombreuses, je le crains, qui ont pleuré cet homme honnête et doux, ont presque toutes disparu. De ses funérailles, je ne retrouve aucune image. Y ai-je au moins participé ? Il n'est pas impossible que j'aie refusé de me rendre à l'église – je méprisais alors la religion et les sermons – et qu'on ne m'y ait point forcé. En somme, de mon grand-père, de quoi ai-je hérité ? Du souvenir d'une maison familiale dans la rue principale d'un village du pays messin, d'une tombe banale et peu fleurie, creusée dans le cimetière voisin, d'un prénom inscrit au stylo à plume sur un livret de famille, de quelques photographies pâlies, prises à des âges différents, mais rien de solide en quoi il se serait perpétué. Surtout, il y a si peu d'histoires à raconter sur lui.

L'une des rares fois où mon père et moi avons parlé de Franz après sa mort est quand j'ai cherché à savoir ce qu'avait pu devenir sa canne à tête de perroquet. Jamais je n'ai douté de l'existence de cette canne. En questionnant mon père, j'en conservais, malgré les années écoulées, une image saillante, comme une gravure de maître ancien. Pas seulement d'elle, d'ailleurs, mais du petit cérémonial aussi qui l'accompagnait chaque fois que Franz décidait de s'en servir et que j'étais à ses côtés. Mon père m'a répondu qu'il ne voyait pas de quoi je parlais.

*

Le face-à-face avec une personne morte est une expérience que j'ai faite pour la première fois très tard, largement plus tard que celui avec une personne nue et désirée sexuellement. Ainsi, concernant la mort, je ne fus pas très précoce. En cherchant bien, il y a peut-être eu, au cours de mon adolescence, la mort d'un grand-oncle ou d'un cousin éloigné dont on m'aura laissé entrevoir le cadavre présentable, endimanché, couché dans un cercueil ou sur un lit funèbre, mais je n'en jurerais pas. Si ces événements ont eu lieu, ils ne m'ont pas touché.

Le premier mort qui m'a bouleversé était une morte. Ce jour-là, mon moi avait déjà ses contours, j'avais quarante-trois ans. Je vois encore la table en acier dans cette pièce anonyme, son visage perdu qui ne me regardait plus, son immobilité de chose qui me renvoyait à ma propre solitude. C'était six mois avant la publication de mon premier livre. Il n'existe bien sûr aucun rapport objectif entre ces deux faits, la mort de ma mère et la naissance de mon premier roman, mais chaque fois qu'il m'arrive de repenser à l'un, l'autre, dans un mouvement symétrique, me revient aussitôt et m'absorbe. Comme si l'heureux et le malheureux étaient liés chez moi, irrémédiablement.

C'est dans les livres et par la littérature que j'ai d'abord fait l'expérience de la mort d'autrui. Si la littérature est un chant de vie, elle est aussi un immense champ de morts. Depuis Homère jusqu'à Kafka, on y meurt beaucoup plus qu'on n'y naît ; et, parmi la multitude de cadavres qu'en m'adonnant avec délectation à la lecture j'ai vu surgir au cœur des livres, l'un, en particulier, me poursuit davantage que les autres.

Nous sommes vers 1880, en Russie. En pleine force de l'âge, ayant conquis réussite et respectabilité, le conseiller à la cour d'appel Ivan Ilitch Golovine est frappé par une maladie qui va le dévorer de l'intérieur, et ce sous les yeux de sa famille, de son valet, de son médecin, spectateurs impuissants de ses souffrances et de son agonie. Pourtant la nouvelle de Tolstoï parue en 1886 et qui a pour titre *La Mort d'Ivan Ilitch* (je l'ai lue pour la première fois au début des années 1980 dans une édition à la couverture rose layette) nous raconte moins la déchéance physique d'un homme que son martyre moral. Reclus dans son appartement par la maladie qui le ronge, Ilitch prend conscience que sa vie n'a pas été « ce qu'elle aurait dû être », et l'hypocrisie et le mensonge dont il s'est souvent rendu coupable (mauvais mari, père égoïste, collègue vaniteux, homme mesquin) laissent sur lui une tache indélébile. Ilitch est au désespoir et nourrit même de la haine envers ses proches qui singent leur rôle, pense-t-il, dans cette sinistre comédie. Implacable mort, visage de la vérité, qui n'offre aucune réparation. Mais alors qu'il agonise, son jeune fils lui embrasse la main avec une tendresse ingénue, sincère. Ce qu'il reste de lucidité à Ilitch est ému par cette piété filiale et les larmes qui roulent à présent sur les joues de sa femme. Il réalise que la mort, qui l'horrifiait l'instant précédent, va le libérer de sa vie apocryphe. « C'est fini ! » dit quelqu'un au-dessus de lui. « Finie la mort ! Elle n'est plus », répète Ilitch dans un dernier souffle. Au moment de quitter le monde, il s'est avoué ses fautes à lui-même et ses victimes vont enfin pouvoir vivre en paix.

Il n'y a plus de mort parce qu'il n'y a plus rien à craindre d'elle : en mourant, Ilitch a reconnu l'homme odieux qu'il était et ainsi donné un sens à sa fin.

Franz n'a jamais été – c'est même l'inverse – ce vil bourgeois, cet homme en apparence très comme il faut et maître brutal de la destinée des autres. Surtout, quand je relis les derniers mots d'Ilitch, je ne peux m'empêcher de penser qu'avec la mort de mon grand-père *rien n'est fini* car sa vie d'homme dissimulait un monde secret, une destinée secrète, et pas seulement secrète : obscure.

Durant mon enfance et mon adolescence, pas plus mon père que mon oncle ne m'auront beaucoup parlé de lui, soit qu'ils gardaient pour eux le secret de cette vie, soit qu'ils n'avaient guère envie de le connaître. On peut penser que chaque être s'évapore quand nous cessons de le voir, mais qu'en est-il quand nous cessons même d'y penser ?

Puis le temps passa, cavala. Il cavala comme toujours dans une seule direction, transportant sur son dos inlassable cette existence secrète, cachée, les idées fausses que j'en avais, conçues sur de possibles omissions et des demi-mensonges que personne jamais n'avoua, ni mon père, ni mon oncle – en étaient-ils coupables ?

En relevant l'énigme, il n'y a, en un sens, plus de mort. Mon grand-père est mort il y a plus de quarante ans mais sa disparition n'a rien effacé, c'est elle qui m'oblige aujourd'hui à déchiffrer la pierre de Rosette de sa vie.

Comme j'ai commencé par sa mort – et la mort est aussi un début, je crois –, je pense à l'hôpital dans lequel s'est éteint mon grand-père. Cet hôpital, que l'on appela Belle-Isle seulement après la guerre, avait été fondé en 1886 – soit cinq ans avant sa naissance – par le *Kronprinz*. Notre ville était alors allemande et le prince héritier d'Allemagne Frédéric de Hohenzollern se consacrait interminablement à des œuvres charitables d'un bout à l'autre du grand Reich, dans l'attente impatiente (et sûrement irritée) de pouvoir un jour succéder à son père. Mais le Kaiser Guillaume Ier, bien que nonagénaire, préférait largement le pouvoir à son fils et ne céda sa place qu'au tout dernier moment, condamnant ainsi le pauvre Frédéric devenu Frédéric III, jeune roi stérile et déjà condamné par le même mal qui rongerait près d'un siècle plus tard mon grand-père, à un règne d'à peine quatre-vingt-dix-neuf jours. Le règne d'un empereur désormais incapable de parler (il souffrait d'un cancer du larynx) et dont la moindre décision publique, émise par son corps pourrissant, suscitait la pitié.

Incapable de parler, comme Franz l'était aussi.

Mais pour quelles raisons dans le cas de mon grand-père ?

*

Une grande partie de notre vie, nous recherchons autour de nous assez d'aires de liberté et de liens protecteurs pour croire que rien ne nous sera jamais hostile, ne nous blessera, ne nous causera du tort. À peine nés, nous faisons la différence entre ce qui, dans la réalité, nous rend moins vulnérables et ce qui, au contraire, nous inquiète, en quoi nous flairons une menace. Après les tâtonnements surgissent les premières certitudes. Le monde est schématiquement partagé. Liens et lieux favorables se multiplient avec le temps, tels des cercles concentriques à partir du noyau de notre moi. Et c'est ainsi que nous déployons notre vie.

En ce qui me concerne, de l'enfance à l'adolescence j'ai vécu dans un appartement spacieux du centre-ville, au deuxième étage d'un immeuble XVIIIe, et si je songe à mes débuts (qui n'avaient rien de prometteur), les liens et lieux qui me reviennent sont (en dehors des attaches familiales) : une chambre à moi avant la naissance de mon frère, un petit bureau en teck calé contre le mur, des étagères avec leurs échelles fines de métal noir (j'y rangeais mes premières possessions), la grande fenêtre qui donnait sur la rue et sur une place un peu bancale en contrebas de la cathédrale, l'Hôtel des Voyageurs, le marché aux poissons (et les bras nus des écaillères), la cour de mon école dans le quartier Chambière avec, en son milieu, un marronnier au large tronc dont je faisais un poste d'observation, l'épicerie que tenait un vieil homme en blouse grise chez qui ma mère m'envoyait certains soirs en prévision de notre dîner, le lycée de garçons et la bibliothèque municipale logée dans une chapelle désaffectée, un café comble, son juke-box rougeoyant et son flipper américain, plusieurs terrains de sport, tous les endroits de la ville où, jusqu'à mes dix-huit ans, je me suis amusé, où j'ai aussi marché, couru, étudié, désiré, flirté, espéré, aimé, travaillé – mais qu'en fut-il pour Franz ?

Quand il eut dix-huit ans – c'était à l'été 1909 –, il achevait son apprentissage chez un maître-tailleur du quartier Saint-Ferroy, à proximité de la synagogue. « Tailleur d'habits », disait-on à l'époque. Un atelier où, selon la clientèle et ses moyens, on transformait d'anciens vêtements, on en façonnait de nouveaux. Sur ses débuts à lui, les détails me manquent. J'imagine un monde foncièrement différent.

La seule chose que je vois vraiment est la maison où il naquit et où naquirent aussi mon père et mon oncle Jack. Une bâtisse à deux étages, ancienne, robuste, au centre d'un village, avec son avant-cour et son joli calvaire, juste en face de l'église et du cimetière où il repose auprès de ma grand-mère. Adolescent, je suis souvent passé devant. Il est possible qu'un jour mon père et moi y soyons entrés, mais je ne m'en souviens plus. Elle aura subi bien des vicissitudes et des changements avant d'être vendue à une autre famille.

Dans le dernier appartement de mon père, peu de temps après sa mort, je suis tombé sur une poignée de photographies rangées dans une boîte en métal avec écrit dessus PAPA. Des photographies de la maison familiale. Au fond de la boîte, s'entassaient aussi toutes sortes de factures et des quittances de loyer au nom de mon grand-père – des documents qui me sont utiles à présent. Et puis un agenda à la couverture bordeaux, de l'année 1970, ayant à peine servi, excepté sur les premières pages où les noms et téléphones de plusieurs sociétés avaient été notés à l'encre rouge :

LA GRAPPA, vins et alcools, 87 31 67 11, M. Pisoni

SODIMO, transports routiers, 87 29 69 00, M. Antonelli

AUTOSICURA, automobiles, 29 88 30 58, M. Ciccarello

AGENCE ORO, numismatique, 87 38 17 29, Mme Caponi

BINDELLA, restaurant Zürich, +41 051 22 56, M. Vitto

Pourquoi cet agenda qui, à l'évidence, appartenait à mon père était-il mêlé à des papiers liés à Franz ?

Les tailleurs étaient surtout juifs à Metz, et, à partir du XVIIe siècle, une ordonnance municipale facilita leur installation dans ce quartier appelé Saint-Ferroy (un nom qui n'est plus en usage aujourd'hui). Comment mon grand-père, ayant toujours vécu à la campagne, dont les parents et les parents de ses parents étaient des villageois invétérés tirant leurs ressources de la terre, de la culture des fruits et de l'élevage de quelques bêtes, avait-il eu, adolescent, le désir d'apprendre un métier en dehors de son milieu naturel ? Et pourquoi dans le quartier juif, borné, ai-je appris, par une croix de pierre et de lourdes chaînes que l'on tendait chaque nuit en travers des rues pour limiter les déplacements ? Comme une assignation à résidence.

C'est juché sur un vélo, je suppose, que Franz, jeune apprenti, rejoignait chaque matin, été comme hiver, Saint-Ferroy depuis Lorry, son village natal, à sept kilomètres de là. Et le vélo grinçait dans les côtes.

Plus tard, il m'arrivera à moi aussi d'emprunter cette route abrupte entre ville et campagne, mon père nous ayant fait quitter, « pour notre bien », disait-il, l'appartement au pied de la cathédrale : vers 1970, il fit construire à l'écart du village familial, sur un grand terrain nu cédé par mon grand-père, un pavillon « à la française » offrant tout le confort moderne. J'avais douze ans quand nous nous y installâmes.

Depuis la ville où j'allais au lycée, je rentrais chaque fin d'après-midi par l'autobus départemental, plus rarement à vélo. Mes efforts pour rouler sur ces pentes annonçaient-ils déjà mes difficultés à remonter le passé ? Un passé dont certains épisodes émettent encore quelques lueurs phosphorescentes, qui tremblent comme des questions.

Que signifiait pour Franz être né allemand ?

Les territoires dits familiers ne forment qu'une part de notre apprentissage. Des rituels, des habitudes, des gestes acquis, nos proches, nos amis et nos connaissances, sans omettre maints objets, images, films, musiques, paroles et récits contribuent autant, sinon davantage, à dessiner notre place dans ce monde bâti par les vivants et les morts, au sein duquel nous sommes venus par hasard.

Mais il arrive que les aires rassurantes se réduisent, que les liens qui nous rapprochaient de visages aimés, de cœurs affables, nous manquent, que le groupe où nous nous sentions en sécurité se disperse et nous laisse sans secours. Au centre de l'existence, nous faisons l'expérience de la maladie, de la pauvreté, de la vieillesse, parfois de l'exclusion ou de la guerre. Dépouillés des biens qui nous semblaient essentiels, privés de la place que nous avions cru occuper pour toujours, que devenons-nous ?

*

La première fois que j'ai vu Franz, il avait l'air d'une ombre. Il m'est apparu derrière le rideau d'une fenêtre, au rez-de-chaussée d'un immeuble grisâtre, tout au sud de la ville. Moins d'une vingtaine de mètres, soit la largeur d'une rue et d'un trottoir, nous séparaient cet après-midi de septembre, distance qu'il me fut cependant impossible de franchir avant le mercredi suivant quand j'allais sonner à sa porte. L'ombre entrevue de loin s'épaissirait alors en un vieil homme fait d'os et de silences, je lui tendrais une main qu'il empoignerait avec une brusquerie aussi affectueuse que peu bavarde.

On peut aimer sans rien montrer, sans même vouloir parler.

En ces années 1960, j'ignorais encore que « Franz » n'était pas son prénom véritable, et « Franz Etgen », lu hâtivement ce jour-là sur sa boîte aux lettres, pas son nom véritable. Son nom – le même que le mien –, j'en aurais la confirmation après seulement que j'aurais relevé plusieurs indices dans son logement. Bandes de journaux, courriers publicitaires entassés sur le guéridon du couloir, enveloppes ou cartes postales (vues des lacs d'Auvergne, du pont du Gard, de la Corniche d'Or) dont les cachets apposés sur des timbres défraîchis me révélaient des dates lointaines. Tel un Vandale pillant et razziant Rome, je lisais à cet âge tout écrit tombant sous mes yeux.

Pourtant, en suis-je certain, de cette confusion sur son patronyme, la première fois que j'ai remarqué sa boîte aux lettres sur le mur du tunnel ? Et je n'aurais rien dit, une fois rentré à la maison ? Rien demandé à mes parents à propos de cette anomalie ? Que Franz ne portait pas le même nom que le mien.

Les mots qui me viennent aujourd'hui : amertume, honte, chagrin, quel sens leur aurais-je prêté à l'époque ? La honte pour un enfant de sept ans ; pour un vieil homme de soixante-quinze ans. Et que savais-je de l'histoire de la ville et de celle de sa vie, l'une et l'autre liées pour le meilleur et pour le pire ? De la façon dont le cours de l'une avait empêché la marche de l'autre ?

*

Il y a cinq ans, un matin de février, un événement architectural à Metz m'a ébranlé. Un bâtiment allait être construit dans le nouveau quartier de l'amphithéâtre. L'hôtel – un établissement quatre étoiles avec restaurant, bar-salon, jardin-terrasse, salle de fitness, dont le projet venait d'être annoncé officiellement – se présentait comme l'alliance surprenante de deux édifices absolument antithétiques : un parallélépipède en béton et en verre de quatorze étages et de plus de quarante mètres de hauteur ; une « élégante maison de maître » posée sur le toit plat du précédent, dans un cadre bucolique et artificiel de verdure.

Pour des motifs ayant peu à voir avec ses qualités intrinsèques ou d'intenses émotions esthétiques chez celles et ceux qui le découvrirent alors – mais qui tenaient d'abord, je crois, au nom de son concepteur et aux retombées supposées de ce nom sur notre petite ville qui, grâce à cela, assurait-on, resplendirait de par le monde –, le projet entraîna maintes réactions admiratives, euphoriques même.

Je ne faisais pas partie des idolâtres.

Une semaine auparavant, j'avais reçu par la poste une invitation à la conférence de presse qui devait avoir lieu dans l'auditorium du centre d'art. Le service de communication de la ville m'invitait régulièrement depuis les dernières élections : débats citoyens, inaugurations, vernissages, vœux pour la nouvelle année, comme si, après mon soutien à la liste victorieuse – un soutien du bout des lèvres car celui qui entend se consacrer à écrire, pensais-je, doit viser une solitude qui n'appartient qu'à lui, une étrangeté sinon dans sa propre langue, au moins dans sa propre ville –, on continuait, mois après mois, à réclamer mon approbation. Aussi, ces sollicitations, avais-je choisi de les ignorer. Cependant, ayant appris que « le célèbre designer » y dévoilerait « sa vision pour Metz », j'avais voulu cette fois me rendre compte par moi-même.

Un matin de février, donc, sortant de ma maison, je tournai à droite en suivant le trottoir puis gagnai la passerelle qui franchit la rivière. Pour aller au centre d'art, le trajet le plus court, qui traverse un grand parc après la passerelle, n'est pas le moins agréable. Il y a quelques années, ce vaste espace aménagé a pris la place d'anciennes friches ferroviaires. Avant les voies ferrées et une gare de marchandises léguées par l'occupant allemand, s'étendaient ici des fortifications datant du règne de Louis XV ; avant les fortifications, un faubourg bouillonnant de vie qu'une guerre féodale réduisit en cendres ; avant le faubourg, des champs voués aux cultures potagères (cardons, choux, bettes, panais) ; avant les champs, un oratoire chrétien, et, avant cela même, aussi loin qu'il soit possible de remonter dans la généalogie de notre cité, un amphithéâtre gallo-romain ressemblant, s'il faut en croire les historiens, aux arènes de Vérone. Sauf qu'à la différence de son homologue vénète qui tient toujours debout, notre amphithéâtre est un fantôme sous terre. Chaque dimanche, qu'il pleuve, vente ou neige, je m'en vais courir une heure dans le parc, sautillant sur les strates invisibles et compactes d'une histoire antique, et il m'arrive de songer que ce ne sont pas mes muscles ni mes semelles en caoutchouc qui me propulsent sur le parcours mais ce qu'il reste des gladiateurs qui reposent sous mes pieds : vivant soulevé par les morts.

Ce matin-là, depuis la passerelle, les eaux de la Seille brillaient comme de l'aluminium. À l'horizon, le soleil fendait la couche grise de nuages, et les arbres du parc, quoique défeuillés, présentaient l'allure frémissante d'un petit tableau de Corot. Il y a là pour moi l'un des plus émouvants paysages de la ville : la gigantesque flamme de métal d'or (plus de vingt mètres de hauteur) qui, de sa masse étincelante et fuselée, bondit vers le ciel et illumine la colline verdoyante du parc. L'or des rais du soleil et l'or du grand fuseau comme fondus l'un dans l'autre. Traversant cette végétation hivernale, je perçus la palpitation glacée de l'air, et, autour de la flamme d'or, des cris pointus d'oiseaux que répercutait le métal.

La sculpture, offerte par une chaîne de télévision japonaise, a été érigée sur ce monticule en commémoration de l'amitié entre nos deux pays. Une œuvre identique du même artiste français, le bien nommé Marc Couturier, se dresse à Tokyo dans le quartier hétéroclite d'Odaiba, formé de petites îles fortifiées du XIXe siècle et d'immeubles futuristes.

Hétéroclite, le quartier de l'amphithéâtre, en cours de construction le long du parc, le serait au moins autant. L'aiguille d'or de Couturier s'y verrait bientôt réduite au rang d'accessoire superflu, tandis que l'hôtel d'exception, le Léviathan que j'allais découvrir d'un instant à l'autre, en serait l'aboutissement, voire, à entendre les édiles, le couronnement suprême.

Dans les gradins, l'assistance, nombreuse, s'était tue.

– C'est une vision, commença le designer, une fantasmagorie.

En bas de l'auditorium, l'écran géant émit un grésillement. Les ombres indistinctes qui jusqu'alors y tremblotaient se mirent à virevolter, se transformèrent puis se stabilisèrent, avant que n'apparaisse ce que tous attendaient : le visage de la Nouvelle Ville.

Sur un fond blanc laiteux, depuis un bouquet d'arbres au feuillage vert surnaturel, s'éleva, à la faveur d'images de synthèse et sur les sons suaves et grandiloquents d'une musique rock d'inspiration céleste, l'édifice gigantesque, l'énorme parallélépipède aux façades quadrillées et réfléchissantes : non pas un building de bureaux mais un building de chambres, et sur le toit absolument plat de ce monolithe à peine moins haut que l'Arc de triomphe de l'Étoile trônait, saugrenue, inimaginable, la réplique d'une demeure patricienne et néo-gothique que le designer avait prélevée dans notre quartier « prussien », autrement dit au sein de la *Neue Stadt* voulue et bâtie par l'empereur allemand Guillaume II quand il avait accédé au pouvoir et conçu avec son armée d'architectes de frapper notre ville, après la guerre perdue de 1870, de sa toute-puissance de vainqueur.

– Je prends le meilleur du passé et le meilleur du futur pour créer la modernité, expliqua le designer.

Nullement une « élégante maison de maître », comme on le lirait dans les journaux, mais une maison des *anciens maîtres* – une maison des années de soumission.

3

À la fin des années 2000, j'ai publié un livre qui m'a valu des invitations plus nombreuses que pour mes romans précédents. Une année durant, je me suis déplacé un peu partout en France et à l'étranger, tout mon temps libre y passait et je me débrouillais comme je pouvais avec le lycée et ma famille. Quand je quittais ma maison, muni d'un sac de voyage pour prendre un train ou un avion, il m'arrivait de songer que ma situation était plaisante, enviable même. J'y voyais des marques de reconnaissance dont j'avais besoin, croyais-je, pour continuer à écrire.

Puis un jour j'ai décliné une invitation en Italie. Mon livre venait d'être traduit là-bas, l'ambassade de France préparait pour le printemps un festival itinérant et rien n'aurait pu davantage me réjouir que de boire des cocktails à Rome, faire des dédicaces à Turin, bavarder, sous un soleil déjà ardent, avec des lectrices napolitaines, mais j'ai préféré dire non. Une question s'était glissée en moi, insidieuse : quel lien la littérature, à laquelle je me consacrais pour supporter le réel, mieux me connaître aussi et me sentir plus libre, avait-elle avec ces représentations publiques ?

En écrivant, je pense toujours à trois choses : à l'histoire que je raconte, à quelques lecteurs proches (ce sont souvent les mêmes), à la mort. Chaque nouveau livre m'aidera à mourir en paix, me dis-je ; et en même temps chaque nouveau livre que j'entame distille en moi l'angoisse de disparaître avant de l'avoir fini. Quelle que soit la fiction que j'échafaude, j'ai le sentiment de progresser vers mon moi individuel, mon « dedans », tandis que le monde social, c'est-à-dire le « dehors », est relégué au second plan. Quand le livre paraît, je le salue intérieurement comme le tracé d'un cours d'eau ou d'une petite montagne là où auparavant il n'y avait qu'une étendue grise. Mais je suis le seul à savoir ce qui se trame derrière l'histoire : ce voyage vers mes profondeurs. Aussi, en me déplaçant ici ou là pour en parler à des inconnus, fussent-ils attentionnés, ces confessions au grand jour ne peuvent-elles pas, à la longue, miner l'acquis d'une exploration qui m'a réclamé tant d'efforts ? C'est pourquoi je n'ai pas voulu aller en Italie.

Je songe parfois à cet écrivain français, unanimement loué, qui, dans ses romans, pèse chaque phrase au trébuchet afin d'en obtenir une clarté parfaite, mais qui, à la télévision, n'arrive jamais à les finir. Peut-être chez lui aussi le

« dedans » et le « dehors » s'affrontent-ils : d'un côté, l'éclat discret d'un texte accompli où il a su décanter pour lui-même des impressions et des souvenirs que la vie avait dilués ; de l'autre, l'impossibilité de les révéler au public.

C'est à cette époque que je fis la connaissance du directeur de l'École d'art de Metz, qui avait désiré me rencontrer. Une matinée d'hiver, nous nous retrouvâmes à la terrasse chauffée d'un café et engageâmes une conversation en gardant nos manteaux sur le dos. Il souhaitait que je participe à un colloque qu'il était en train d'organiser. Il s'agirait pendant deux jours de réfléchir aux pouvoirs de la création face aux catastrophes qui pleuvent sur la terre et les hommes. Le colloque se tiendrait entre les murs du centre d'art, sous l'intitulé presque optimiste : « Le pire n'est jamais certain. » Je n'aurais pas besoin de voyager cette fois puisque l'événement se déroulerait à quelques pas de chez moi. Mais j'hésitais à accepter. Outre le fait que je me considérais, pour ce qui est des colloques, comme un amateur, j'éprouvais toujours de la pudeur à l'égard de ma ville natale et n'avais guère envie de m'y exhiber. C'eût été faire ma toilette sous le regard d'une voisine.

Six mois s'écoulèrent, le directeur réussit à me convaincre et, un vendredi, je m'installai, un texte entre les mains, à la tribune de l'auditorium du centre d'art. (Comment aurais-je pu deviner que ce serait à la même place que le « célèbre designer », cinq ans plus tard, dévoilerait son hôtel nihiliste ?)

Vers la fin de mon intervention, j'évoquai l'invasion de

la Tchécoslovaquie par l'armée russe, au printemps 1968. Je m'appuyai en particulier sur un livre de Milan Kundera, dont je citai plusieurs passages : Avec l'invasion russe, écrit Kundera, « dans ma vie, ce fut un incendie. (…) Mon petit pays m'est apparu privé du dernier reste de son indépendance, englouti *à jamais* par un immense monde étranger ; (…) je sais depuis lors ce qu'aucun Français, aucun Américain ne peut savoir ; je sais ce qu'est pour un homme vivre la mort de sa nation ».

Dans l'auditorium, l'assistance était clairsemée, j'étais le dernier à m'exprimer. Sans m'avoir consulté, on m'avait chargé, à ma surprise, de conclure le colloque. Comme nous étions vendredi, en fin d'après-midi qui plus est, les autres intervenants, dont certains avaient fait le voyage depuis la Pologne, les Pays-Bas, la Californie, s'étaient empressés de reprendre leur train ou leur avion. Parmi les auditeurs encore là le matin, la plupart avaient été emportés par l'appel du week-end. Ceux qui s'étaient résignés à rester m'écoutaient d'un air assoupi.

Quand un petit pays meurt, continuai-je, il arrive que ses habitants se demandent dans quelles circonstances celui-ci est venu au monde. Or, parce que la naissance d'un pays, petit ou grand, renvoie en général à des temps très anciens, des temps que les habitants n'ont eux-mêmes pu connaître, qui saura le mieux leur raconter l'histoire dont ils ont besoin ? Est-ce un historien ou un romancier ? Est-ce un philosophe ou un journaliste ? Est-ce un poète ou un homme politique ?

Le public manifestait à présent de l'impatience. Il avait quitté sa somnolence et me fixait d'un œil bizarre tandis que je répétais la même et sempiternelle question, la déclinais et la multipliais à l'infini jusqu'à ce qu'elle m'apparût grotesque : quand un petit pays meurt, qui va raconter aux survivants comment les choses ont débuté ? J'en étais là et ne disais rien d'autre. En vérité, je ne savais plus quoi dire.

Je venais de m'apercevoir que la fin de mon texte ne convenait plus du tout. Lire ce que j'avais écrit dans la solitude de mon bureau ne m'était plus possible. Non que cela me fût interdit, mais c'était au-delà de mes capacités. Comme si un insecte, un gros scarabée, en se coinçant dans mon imprimante, avait rendu mon dernier paragraphe illisible. Je me sentais à la fois troublé et empêché. Dans la paralysie qui me frappait, aucune solution ne se présentait. Après un long silence qui bourdonna à mes oreilles, le public dut penser que j'avais fini : au lieu d'applaudissements il y eut un brouhaha et le peu qu'il demeurait de l'assistance s'extirpa des gradins pour se presser vers la sortie. Quand tout le monde eut quitté la salle et que je me retrouvai seul dans l'auditorium, je réalisai enfin ce qui s'était passé : le gros insecte n'était pas dans mon texte, il s'était coincé dans ma gorge et je voyais maintenant le visage de mon grand-père pleurant la mort de sa nation.

*

Si je l'appelle Franz, c'est parce que chaque membre de ma famille, autant que je m'en souvienne, l'a toujours appelé ainsi, que ce soit de son vivant ou après sa mort – jamais grand-père ni grand-papa, rarement père ou papa, et sûrement pas bon-papa, papy, ni même l'aïeul, mais Franz, tout simplement Franz.

Pendant longtemps, je ne m'étais jamais posé la question d'où provenait ce « Franz » ostensiblement germanique. Il était évident pour moi qu'il s'agissait de son prénom. En raison de notre patronyme, ce patronyme transmis immuablement par les pères aux fils depuis le début de notre lignée jusqu'à mon frère et moi, qui l'ai ensuite donné à ma femme ainsi qu'à nos deux filles (je n'ai pas de fils), et qui désigne (on m'en fait parfois la remarque avec une feinte curiosité) un *Land* allemand, en raison d'un tel patronyme, donc, qui ne masque rien de sa germanité mais au contraire l'accuse, il allait de soi que mon grand-père pût se prénommer Franz. De même qu'il m'était permis d'imaginer que, parmi les ancêtres de Franz et les miens, il avait dû y avoir nombre de Friedrich, de Winfried, de Günter, de Bertolt, de Heinrich, de Klaus (et même quelque Hermann).

Il me suffisait d'entendre mes parents, mon oncle Jack, des cousins parler de lui pour n'avoir aucun doute. Si, tout petit, on m'avait demandé « Qui est Franz ? », j'aurais spontanément montré du doigt mon grand-père paternel, je l'aurais même montré avec fierté (tous les enfants sont fiers de savoir), index tendu, sourire aux lèvres. Cela n'eut jamais lieu. Franz n'était qu'un prénom qui surgissait dans les conversations. À mes oreilles d'enfant, le prénom d'un fantôme – ou un fantôme de nom.

Très tôt, j'aurais dû soupçonner quelque chose. Les autres membres de ma famille, du côté paternel, ne portaient pas de prénom de même consonance. Si Franz lui-même n'avait pas de frère, ses trois sœurs, plus jeunes que lui, s'appelaient Jeanne (plus français, tu meurs), Renée et Maria ; et leur père (mon arrière-grand-père), né en 1861 et déclaré mort (comme son épouse Anne) à la fin de la Seconde Guerre mondiale, non pas Hans mais Jean. Quant à mon propre père, il avait été baptisé sous le double prénom sans tache de Bernard-Marie ; et son frère aîné, Jack.

En grandissant, j'ai su qu'il existait d'autres Franz. Vers douze ans, j'ai fait la connaissance de Kafka (dont un portrait de 1917, réalisé à Budapest, avec sa tête triangulaire et son regard brûlant, se tient toujours, fixé par une pince en métal brossé, à un coin de mon bureau) et, au même âge, celle de Schubert et de Beckenbauer. Beckenbauer, je le voyais, les cuisses nues et dans un short moulant, stopper la course de ses adversaires, puis soulever (trop souvent à mon goût) de prestigieux trophées à l'issue de matchs internationaux. Or l'imprenable libero du Bayern et capitaine si respecté de la Mannschaft de la grande époque était, à la différence de l'écrivain né à Prague (dont j'ai d'abord lu *La Métamorphose*, qui m'a effrayé sans que j'en comprisse le sens, et plus tard, quand je croyais l'avoir compris, n'a cessé pour autant de m'effrayer), indissociablement lié à l'Allemagne – à une certaine idée ou obsession de l'Allemagne. L'arrogance ombrageuse. La victoire sans partage. La domination partout en Europe. (L'Allemagne, quoi.)

La presse sportive ne le surnommait-elle pas le Kaiser ?

Quant à Schubert, mon troisième Franz, je devais à ma mère, qui écoutait « La Truite », d'en avoir entendu parler, mais la musique dite romantique me ravissait modérément.

Comme j'étais au lycée, j'apprenais (non sans mal ni perplexité) la langue du peuple (*Deutsch*, c'est le peuple, du vieux haut allemand *Duitisca*), c'est-à-dire la langue dans laquelle parla, pensa, rêva et souffrit d'écrire Kafka (« impossibilité d'écrire en allemand, impossibilité d'écrire autrement »), l'idiome « natal et fatal » hurlé par les criminels qui assassinèrent ses trois sœurs : Elli et Valli à Chełmno, Ottla à Auschwitz.

Lors de son premier voyage à Paris, en octobre 1910, Kafka envoya à Ottla une carte postale représentant la Grande Roue installée avenue de Suffren à l'occasion de l'Exposition universelle de 1900. *Beste Grüsse*, écrivit-il dans la partie réservée à la correspondance, puis il signa de son prénom. Ottla avait tout juste dix-huit ans et il est possible que Franz ait choisi cette image en pensant qu'elle plairait à sa sœur préférée, que celle-ci s'imaginerait se balançant, le cœur battant, au-dessus du vide, dans l'une des nacelles du manège, ou qu'elle y verrait son frère au sourire frêle, dans un costume trop grand pour lui, serré contre son ami Max.

Il est aussi possible que Franz n'ait pas du tout pensé à l'attraction de Paris mais qu'il ait reconnu, dans le cliché faussement féerique, la roue de la Fortune, qui distribue les joies et les chagrins de l'existence, ou celle du Temps, qui broie toute chose en son mouvement irréversible.

*

Bien après la mort de mon grand-père, j'ai découvert qu'il se prénommait en réalité François. J'ai un souvenir presque candide de cette révélation. C'était un samedi de février ou de mars 2008, l'après-midi touchait à sa fin. La mort des proches, on le sait, fait ouvrir les tiroirs. En ce qui concerne mon père, que je voyais assez régulièrement avant qu'il ne nous quitte, je ne pensais rien apprendre que je ne sache déjà, convaincu que sa vie avait été peu mystérieuse (j'espérais seulement qu'elle lui avait paru à lui intéressante). Si vider son appartement autorisait certaines recherches, elles n'avaient pas d'autre but que de mettre en ordre ses affaires et j'en laissais tout le soin à mon frère.

Ce samedi de février ou de mars, donc, je m'étais rendu pour la énième fois dans le vaste appartement de standing, et pourtant désolé, de Montigny, là où, après la vente du pavillon à la française puis la mort de ma mère, mon père avait vécu en solitaire. Quatre années de mauvaise mangeaille, de mauvais sommeil, de mauvaises peurs durant lesquelles je ne lui avais guère été d'un grand secours. Après avoir embrassé mon frère qui occupait les lieux depuis le début de la matinée, j'avais tourné le regard vers la table du séjour débarrassée de la nappe ornée de dentelle, qu'il avait entièrement recouverte de photos : scènes familiales en couleurs ou en noir et blanc, le plus souvent réalisées en intérieur, quelquefois avec un arrière-plan urbain ou campagnard, des portraits de parents et de familiers à différentes périodes, pas toujours bien cadrés, quelques antiques tirages gris ou sépia, des Polaroïd aux teintes acides. Notre famille en effigie éparpillée sur une grande table en chêne style Louis XV dans une pièce elle-même en désordre. Au milieu du fatras, je remarquai un petit ouvrage bleu nuit à la couverture cartonnée, frappée du blason de notre ville. Je m'en saisis, l'ouvris et le feuilletai. Sur la page où figurait l'extrait de l'acte de mariage n° 579 du 23 septembre 1954 de nos parents, je lus, calligraphié à l'encre bleue avec des pleins et des déliés, non pas « Fils de Franz » mais *Fils de François.*

Mon grand-père, au-delà de sa mort, m'avait réservé une surprise.

Mais était-ce vraiment une surprise ?

Un nom – ou un prénom – n'est pas chose négligeable. D'abord, il est l'élément primordial de notre identité sociale, ce par quoi les autres nous distinguent et nous reconnaissent. Ensuite, il façonne notre identité personnelle : le nom est ce que nous sommes, nous sommes notre nom. « Grande est la force du nom », écrit le Norvégien Karl Ove Knausgaard (qui sait de quoi il parle), et il ajoute : « Si une personne en abuse, elle abuse tout en même temps de moi. » Qui donc abusa de « François » en le dépouillant de son prénom pour le remplacer par celui de « Franz » ? Un habitant de son village quand celui-ci vivait à l'heure allemande ? Un camarade de régiment à l'époque de ses classes à Strasbourg ou, quatre années plus tard, lorsqu'il soignait les corps mutilés de la *Deutsches Heer* vomis par la butte de Vauquois ? Était-ce un diminutif affectueux ? Un surnom ricaneur, méprisant ? Et mon grand-père, comment, à travers ce prénom qui n'était pas le sien, se voyait-il lui-même ?

Accroupi dans le séjour, assiégé par des piles de papiers, mon frère, jusqu'alors silencieux, leva la tête et me montra ce qu'il tenait en main.

– Si ça t'intéresse, il y a un portrait de lui, soldat.

La photographie, que je découvrais, tranchait sur les autres par son noir et blanc couleur de suie et son format de carte à jouer. Un tout jeune homme, presque un adolescent, croisant les bras au-dessus du torse, raide comme une statue dans sa vareuse allemande boutonnée jusqu'au col et sanglée par un ceinturon. Visage ovale et juvénile sous une casquette rigide, yeux clairs fixant un avenir incertain, paupières et sourcils parfaitement dessinés, comme ses lèvres qui lui faisaient une bouche charnue, un peu boudeuse et féminine, pensai-je, au-dessus d'un menton rond.

Sur le moment, je ne me trouvai aucune ressemblance avec lui ; en revanche, les traits d'un des fils de mon frère, qui n'avait encore que douze ans à l'époque, se rapprocheraient, année après année, de ceux de son arrière-grand-père, jusqu'à s'y superposer (ou presque).

Sous le portrait de Franz-François était imprimé : *Juls Sievers* (le nom du photographe ou du studio) et, dans le coin droit : STRASSBURG I/E. MARGARETENGASSE 10-12. La date 1911, notée au dos par, je suppose, mon oncle Jack (je reconnus son écriture appliquée), attestait les vingt ans de son père.

Raide comme une statue dans sa vareuse allemande.

Quelques jours plus tard, j'abordai au lycée un collègue historien natif de Strasbourg et lui demandai ce que signifiait en 1911 la mention I/E à côté du nom de sa ville. Il ne sut me répondre et, comme j'attendais de lui une petite enquête qu'il négligea ou oublia, je décidai de ne pas dépenser plus d'efforts pour éclairer cet élément obscur, et je finis moi-même par l'oublier.

De nouveau, des années filèrent. Jusqu'à ce que ma femme retrouve dans une boîte rangée à la cave le portrait que j'avais égaré. Il me fallait maintenant l'écrire pour ne plus jamais l'oublier. (Raconter cette histoire avant que l'hôtel kitsch ne m'en impose par son cynisme.)

En même temps, je me demandais comment François (ainsi le nommerai-je désormais) considérait son uniforme, cette vareuse prussienne fournie à son arrivée à Strasbourg. Était-ce pour lui une seconde peau dont il se sentait digne ? L'apparence qui était alors la sienne, celle d'un soldat du Reich, coïncidait-elle avec ses pensées et ses sentiments, sa subjectivité ? Ou bien était-ce une peau de soumission, une peau honteuse, coupable, un tissu qui lui grattait l'âme ?

Un samedi de mai, j'accompagnai à Strasbourg l'une de nos filles qui devait y passer un concours. Tandis qu'elle planchait dans un bâtiment austère du quartier de l'Esplanade, je disposais de quelques heures pour retrouver le studio qui avait portraituré mon grand-père. Au moins son emplacement. Des recherches sur un site de courtage m'avaient permis de mettre la main sur une autre photographie réalisée à la même époque par Juls Sievers. J'en fis l'acquisition pour une somme dérisoire. Il s'agissait aussi d'un soldat allemand, mais dans un uniforme différent. Au dos de l'image cette fois, figuraient la mention « Atelier Juls Sievers », l'adresse, « Margaretengasse 10-12 », et puis une indication prophétique qui n'existait pas sur le portrait de mon grand-père : « vis-à-vis dem Schlachthaus » – *en face de l'abattoir.* (Rétrospectivement : à trois ans de l'abattoir.)

Où se trouvait l'ancien abattoir de Strasbourg ? Était-il à l'emplacement de ce qu'on appelle aujourd'hui la « Grande Boucherie », l'une des maisons remarquables de la ville, devenue musée historique ? Au bout d'une heure, je renonçai à mes recherches. À quoi m'eussent-elles servi ? J'avais besoin de détails concrets, pas d'arpenter des lieux perdus. Reprenant en fin d'après-midi le chemin de la gare, nous discutâmes, ma fille et moi, du sujet de sciences politiques sur lequel elle était tombée, puis passâmes par la rue du Maire-Küss. Désigné maire de Strasbourg en 1870 quand l'armée prussienne occupait la ville, Émile Küss ne composa jamais avec l'ennemi, employant tous les moyens en son pouvoir pour préserver au mieux l'intégrité de ses compatriotes. Élu l'année suivante député du Bas-Rhin, il poursuivit inlassablement son combat. Chacune de ses journées, il les consacrait à tenter de repousser la capitulation de sa ville qui était imminente, à répondre à la presse allemande qui déjà célébrait la victoire, à résister aux coups de butoir du chancelier Bismarck, mais c'est à une crise cardiaque que finalement il succomba, le 1er mars 1871, au Grand Théâtre de Bordeaux. Il venait d'apprendre que ses amis parlementaires avaient livré l'Alsace et la Moselle au *Deutsches Reich.*

Nicolas Barbouilla, marchand d'allumettes,
Qu'a vendu sa femme au bois pour une poire blette
Et sa fille aussi pour une pomme pourrie !

Le jour du colloque, c'est en citant la phrase de Kundera, « je sais ce qu'est pour un homme vivre la mort de sa nation », que le visage de mon grand-père m'était apparu ; ce jour-là, à Strasbourg, c'est en pensant encore à l'écrivain tchèque que je vis sa jeunesse volée.

D'où vient qu'une comptine simplette issue de l'enfance nous ensorcelle ? Si ce n'est par sa beauté, c'est qu'elle renferme une signification qui nous happe comme la vie.

*

À mon retour de Strasbourg, j'ai regardé d'aussi près que possible le portrait de mon grand-père. À la différence de ce qui s'était produit la première fois, ma curiosité était moins réservée, moins distante. Le miracle de la photographie opérait. L'image que j'avais sous les yeux n'était pas une réplique en petit de mon grand père soldat, un simple reflet comme une peinture sur médaillon, mais une trace matérielle du visible : François avait été là, une lumière l'avait éclairé.

De nouveaux procédés de tirage avaient mis, au début du siècle précédent, ces clichés à la mode. Pour un faible coût, il était possible d'immortaliser dans un studio professionnel les âges fatidiques de la vie – naissance, première communion, service militaire, mariage. Pendant que la photographie d'amateur, avec un appareil à main, restait l'apanage des classes fortunées, la photographie commerciale se diffusait dans les différentes strates de la société en se substituant à de vieux métiers : dessinateurs de rue, silhouettistes découpant avec dextérité les portraits de passants dans du papier noir. En comparaison de ce que la peinture avait procuré, d'abord aux classes aristocratiques, ensuite à la grande bourgeoisie (des portraits de familles aux noms parfois oubliés, qui héritaient ensuite d'une nouvelle existence dans une salle de musée de province), ces clichés de studios relevaient d'un art modeste. Mais un art qui offrait à un public lui aussi modeste et souvent peu instruit ce qu'aucune peinture, dont il ignorait les codes, ne lui eût offert, quelque chose de bien plus grand que la peinture, de plus grand même que l'art, quelque chose qui m'avait échappé ce jour-là dans l'appartement de notre père : une présence réelle.

C'était la première fois que je voyais François en sa jeunesse. Comme si je n'avais rien vu ni voulu voir dans l'appartement de Montigny, comme si le fait d'apprendre, grâce au livret de famille, qu'il se nommait François et non pas Franz, avait suffi à mon désir.

Que François ait pu être jeune, je l'avais certes déjà imaginé, mais comme nous nous figurons des sociétés disparues, des lieux sus par ouï-dire où jamais nous ne pénétrerons. Ses vingt ans représentaient pour moi une chose abstraite, générale, un épisode moins biographique que biologique qui appartenait à l'histoire naturelle des hommes et nullement à l'homme singulier qu'il était, aux qualités peu connues, devenu adulte au premier quart du XXe siècle et qu'aucun souvenir personnel, et pour cause, n'évoquait.

Si un portrait vaut bien un original, que vaut un portrait quand nous ne savons rien ou presque de l'original ?

En un sens, j'aurais pu dire que mon grand-père jeune était comme la Tasmanie. De cette partie éloignée du monde, que savais-je au juste ? Aucun de mes proches n'y était jamais allé. De même, de ce jeune homme personne ne m'avait jamais ouvertement parlé. Ici et là je glanais des récits tronqués, des informations partielles, des souvenirs douteux, et effectuais d'assez hasardeux recoupements. Ce que le temps avait aboli chez François, la jeunesse qu'il avait passée sur terre, n'était pas un sujet familial, même en son absence, et pas plus après sa mort, comme si un pacte, dont il ne savait rien, avait été conclu entre les différents témoins de sa vie, et même au-delà, entre tous ceux qui eussent pu questionner des aînés, père et mère, oncles et tantes, cousins et cousines, sur l'homme qu'il avait été.

1911 : un tout jeune homme, presque un adolescent.

La roue de Kafka avait commencé de s'emballer.

*

Nous naissons tous de rencontres fortuites et ce sont encore des hasards qui expliquent ce que nous devenons, même si cela n'est vrai qu'en partie. Il y a parfois des découvertes que l'on fait soi-même, des révélations, même discrètes, qui provoquent des bouleversements, petits ou grands.

Je repense au livret de famille et à son prénom.

« François » signifie littéralement « l'homme de France » (encore que ce soit le peuple germanique des Francs qui ait donné son nom à notre nation). Mais pourquoi Franz ? Pourquoi, durant des décennies et bien après la guerre, a-t-on continué d'appeler mon grand-père « Franz », quand, aux oreilles de tous, Franz disait le contraire de François ?

Je sens une pression dans mon dos. D'abord légère, elle insiste puis appuie, comme une main qui me pousse à travers un miroir.

*

À cette époque – les années 1960 – le jeudi était, au milieu de la semaine, le jour de repos scolaire. Je le passais habituellement dans l'appartement familial dont la fenêtre de ma chambre donnait sur une place commerçante. Il y avait tout autour de cette place un chapelet de boutiques qui, lorsque jeux et lectures n'étaient plus suffisants pour repousser au loin l'ennui qui retombait sur moi, devenait un sujet de distraction. J'installais ma chaise devant la fenêtre entrouverte pour profiter du meilleur angle d'observation, avec, posé sur les genoux, un carnet à dessin et, à proximité, une boîte de crayons de couleur. Je commençais avec une mine tendre pour les traits au graphite, la première ébauche qui traçait sur la surface blanche du papier les contours généraux de ce qui serait, une ou deux heures plus tard, le magasin de luminaires, la boutique de vêtements pour dames, la crèmerie, le comptoir de la Loterie nationale, le cabaret Le Rio, qui proposait des spectacles de striptease annoncés par d'aguichantes photographies que des punaises puritainement placées rendaient presque innocentes, ou encore ce grand commerce d'électroménager (Lavibien), dont l'enseigne verdâtre clignotait de la nuit à l'aube et que j'avais aimé dessiner un soir de printemps. De semaine en semaine et de page en page, mes crayons, qui s'agitaient allègrement sur le papier à fort grammage, donnaient à voir des images plaisantes de la ville. Les vitrines à la modernité naissante y faisaient bon ménage avec de vieilles échoppes d'alimentation et le marché aux poissons logé sous les arcades de l'ancien palais épiscopal. L'été, ses puanteurs montantes bombardaient mes narines. Au-delà, c'était la Moselle, son antique écluse, et, plus loin encore, un grand square, celui du Luxembourg, pourvu d'un rideau d'arbres longilignes et d'une pente rêvée pour la luge. Quand j'avais passé assez de temps sur mon carnet, ma mère m'y emmenait jouer. « Tu n'as pas envie de sortir ? » me demandait-elle. Pourtant je devinais sur son visage, après qu'elle m'eut regardé dessiner et même encouragé car elle trouvait que j'étais, pour mon âge, un bon dessinateur (tandis que moi je dirais aujourd'hui que j'étais surtout un bon observateur), le désir de faire de son propre temps autre chose. Après s'être consacrée jusqu'ici à mon éducation, elle aspirait à un emploi en ville. Seulement, ayant sacrifié sa scolarité à dix-sept ans pour servir de garde-malade à sa mère rongée par le cancer, elle n'avait encore jamais gagné sa vie en travaillant. D'autant que les revenus de mon père suffisaient.

Mon père était à cette époque salarié d'une entreprise de viandes et salaisons en gros dans un quartier populaire de la ville, Chambière. Endroit fourmillant et déluré où se trouvait une école primaire qu'on avait choisie pour moi. Le jour où la municipalité fit mine de s'intéresser à ce quartier qu'elle délaissait jusqu'alors, ce fut pour le qualifier d'insalubre et prétendre le valoriser en le faisant disparaître à coups de bulldozer. Mais ses habitants, comme les artisans et les commerçants qui y travaillaient, y étaient viscéralement attachés. Ce que des experts appelaient « insalubre » n'était pas autre chose que le grand air de vies intenses. Et ces vies résistèrent comme elles purent, faisant face tant aux représentants de la mairie qui s'obstinaient dans leur idée de destruction qu'aux entreprises de bâtiment missionnées pour cette besogne. C'est sans pitié que les travaux de démolition furent lancés un lundi. Ce matin-là, mon père m'avait accompagné jusqu'à l'école, qui était restée fermée. Des dizaines de familles s'étaient rassemblées rue Chambière avec de nombreux enfants, parmi lesquels des nourrissons. Des hommes et des femmes simples, vêtus simplement, s'exprimant simplement, mais avec du courage à revendre et de la rage parfois enflant leur voix, et je fus bouleversé de découvrir – c'était pour moi la première fois – autant de visages en pleurs. D'énormes machines s'étaient mises en mouvement. Les habitants, à qui l'on avait promis un relogement dans une cité de banlieue bâtie à la va-vite, étaient traités comme des vivants négligeables. Des familles résistèrent encore, vivotant quelques semaines dans un paysage de ruines, n'emportant leurs cartons qu'à la dernière extrémité, une fois que leur existence qu'on s'était voué à saccager n'avait plus d'autre issue. Un monde venait de s'écrouler.

Il m'est impossible de me remémorer cet âge disparu ou ce que des proches m'en ont relaté sans que surgissent devant mes yeux, telles des ombres passantes, plusieurs images de films. *Allemagne année zéro*, de Rossellini, *Main basse sur la ville*, de Francesco Rosi. Des immigrés italiens, d'autres débarqués de Pologne puis d'Algérie, avaient partagé à Chambière leurs rêves et leur génie, leurs qualités comme leurs travers. Ils vivaient aux côtés de Français pas très riches qui leur avaient fait une place avant que tout ne s'effondre. Plus qu'une place même : beaucoup étaient devenus leurs pareils, voire leurs frères, ils s'entraidaient, s'accomplissaient personnellement tout en cohabitant en bonne intelligence, quelques-uns pouvant même s'enorgueillir d'affaires très florissantes.

L'entreprise de viandes et salaisons en gros où travaillait mon père appartenait à des hommes venus de Calabre et, bien qu'il ne fût lui-même ni calabrais, ni habitant du quartier, ni en quelque façon initié au commerce de la viande, ces hommes étaient allés le chercher en ville pour ses compétences avérées de comptable et ce qu'ils appelaient sa « bonne présentation ». Comme il leur avait donné satisfaction, il était rapidement devenu pour l'entreprise qui l'employait et quelques sociétés parentes une sorte de fondé de pouvoir. Homme de confiance à double titre, c'est-à-dire aussi bien aux yeux de ses patrons qui le laissaient manipuler d'importantes sommes d'argent (souvent en espèces), qu'au regard de ceux qui eussent suspecté ces Italiens, à qui la réussite souriait, de louches transactions.

Chaque jour, à la sortie des classes, au bout de la rue Chambière – rue aujourd'hui réduite à un nom sur une plaque dans un entassement moderne et lugubre de blocs en béton –, je rejoignais le bureau de mon père. Il était situé au-dessus de pièces carrelées et réfrigérées où l'on entreposait et découpait des animaux fraîchement tués. Il pouvait être 5 heures de l'après-midi, mon père me donnait de la monnaie pour que je m'achète une part de pain perdu dans la boulangerie d'en face, puis, à mon retour, me faisait asseoir dans un fauteuil à roulettes, et j'ouvrais mes cahiers sur un bureau métallique qui n'appartenait, semble-t-il, à personne. Est-ce qu'à ce moment-là je m'interrogeais sur le sens des leçons que j'apprenais, tandis que mon père, à quelques mètres de moi, remplissait des livres de comptes dans un lieu où régnaient d'autres valeurs et d'autres forces ?

Dernièrement, dans un épisode de la série *Les Soprano*, j'ai vu un magasin de viande d'un quartier de Newark, aux murs décorés de photographies d'acteurs des années 1940. Les héros, mafieux italo-américains, venaient y tuer le temps et discuter de leurs affaires, engloutir d'épais sandwiches aux tranches de veau saupoudrées de parmesan, et plaisanter sur des sujets salaces. J'ai alors repensé au petit monde de la rue Chambière qu'avait connu mon père.

Ma mère, elle, ne fréquentait pas cet endroit. Je n'ai jamais vu aucune femme passer le seuil de l'entreprise de viandes et salaisons. Elle ambitionnait de travailler dans un monde plus distingué. Avoir un emploi à soi lui apparaissait moins comme la voie d'une émancipation personnelle, qui restait pour elle une liberté abstraite, que comme une manière d'affirmer à son mari : *Voilà qui je suis.* Car dès lors que les revenus de mon père continuaient de s'accroître, elle n'avait pas besoin (au sens où il l'entendait) de gagner sa vie : c'était, pensait-il, un simple désir qui bientôt céderait la place à un simple regret. Mais ma mère le voulut tant et si bien qu'elle décrocha un poste de secrétaire commerciale dans un cabinet d'architecte au nord de la ville, exécutant du même coup un saut inattendu au-dessus de sa condition d'épouse, de génitrice et de gardienne d'enfant.

Un soir de 1966, elle l'annonça à la fin du dîner. Je revois la paume de sa main fine et blanche lisser et relisser la serviette repliée à côté de son assiette. Entre chair et tissu, un tremblement était perceptible. Mon père, d'abord désorienté, fixa ma mère puis lui demanda froidement comment elle comptait s'y prendre. C'est de moi bien sûr qu'il parlait.

À cette question où perçait un reproche, ma mère répliqua par le nom de Franz.

– Franz ? fit mon père (et je vis sa surprise se changer en stupeur). Tu ne parles pas sérieusement !

Sa main avait frappé la table, et après il y eut un silence où le prénom de Franz, que l'on prononçait rarement à la maison, se mit à exister de façon autonome. Mon père le répéta et, comme la première fois, le prénom se détacha de sa bouche puis se froissa et vibra dans l'air lourd. Après quoi, mon père se pencha vers moi et m'ordonna de quitter la pièce. Je me levai, traversai le couloir, refermai derrière moi la porte de ma chambre et me postai à la fenêtre jusqu'à ce que les cris de mes parents ne fussent plus que des sifflements.

Son prénom tournait maintenant dans ma tête mais je ne me rappelais pas m'être déjà rendu chez lui, ou alors cela s'était passé dans les limbes, avant l'invention de la mémoire. Celui qu'ils nommaient Franz avait beau être mon grand-père paternel, je ne le connaissais pas encore. J'aurais certes pu dire que je le connaissais, comme presque tous les petits-fils de sept ans, mal, car les presque soixante-dix ans qui nous séparaient et nous situaient l'un par rapport à l'autre étaient pour moi irrattrapables, mais ç'aurait été masquer le fait qu'entre lui et mon père les relations étaient quasi inexistantes.

Pourquoi cette attitude, cette réaction à table ? Quelle en était la cause ? Je me rappelle l'avoir entendu dire que ce n'était pas « convenable » que l'on m'emmène là-bas. Quelles normes sociales, quelle loi familiale allions-nous transgresser ? Que devais-je découvrir pour le savoir et devenir ce petit-fils que je n'étais pas ?

Je n'ai pas assisté ce jour-là à la lutte entre mes parents, mais j'ai su plus tard que, le lendemain, une nourrice exerçant dans le quartier avait été approchée par mon père. Ma mère cependant tenait à son idée. D'abord, elle ne voulait pas pour moi, dit-elle, d'une « étrangère » ; ensuite, elle raconta que cette femme s'occupait déjà d'une fillette de mon âge qui avait contracté la coqueluche (« on a même craint pour sa vie », ajouta-t-elle) : il était hors de question que j'entre dans un logement encore empli de germes mortifères. Était-ce un argument sérieux ? Elle qui d'habitude était si charitable. La rumeur eut pour effet que mon père exigea de ma mère qu'elle renonçât, au moins provisoirement (c'était son unique concession), à son indépendance. Je fus de nouveau expédié dans ma chambre. Bruits de porte, éclats de voix, menaces en l'air, et le matin, au petit déjeuner, mon père portait sa mine des mauvais jours. Quand, ce soir-là, il rentra de son travail, il se contenta d'annoncer à ma mère qu'il avait téléphoné à son père. « Tu as ce que tu voulais, n'est-ce pas ? » Puis il se dirigea vers le salon pour les nouvelles à la télévision.

Le surlendemain devait être un vendredi. Vers 16 heures 30, après la classe, ma mère vint à ma rencontre rue de l'Abreuvoir, à deux pas de la place Saint-Louis et de sa galerie d'arcades. Avec la destruction du quartier Chambière, on m'avait fait changer d'école. Ma mère me fit emprunter un trajet différent de celui que je prenais d'ordinaire pour rentrer à la maison. Nous remontâmes la rue, coupâmes à gauche sur la place médiévale, laissant à notre droite l'estafette du glacier ambulant à qui j'achetais l'été pour trente centimes un bâtonnet à l'eau, parfum orange ou citron. Puis nous rejoignîmes une autre rue où des façades crénelées se dressaient d'un seul tenant, le long d'une autre place rehaussée d'arcades et d'immeubles anciens que des engins de chantier s'appliquaient à abattre dans un enfer de bruit et de poussière. À un angle flanqué d'un abri et marqué par un panneau, nous attendîmes qu'un véhicule à la face avant arrondie et de carrosserie bicolore stoppât à notre hauteur. C'était un autobus Chausson tout neuf, ayant tourné le coin d'une rue qui serait bientôt neuve elle aussi, un de ceux qui remplaçaient les vieux trolleybus aux lignes aériennes que la ville avait supprimés. Après que ma mère m'eut fait lire le numéro de l'autobus et sa destination, nous grimpâmes sur le marchepied, et, une fois à l'intérieur, elle m'expliqua comment composter un ticket, à quelle place je devais m'asseoir, à qui je ne devais pas parler. Le voyage dura une vingtaine de minutes pendant lesquelles l'autobus sinua dans la ville avant de pénétrer dans ses quartiers sud. Nous descendîmes à l'arrêt « Botanique ». Je ne savais encore rien de ce que le jardin public recelait, qui me hanterait plus tard. Ma mère et moi traversâmes ensuite la chaussée, marchâmes sur le trottoir le long d'un temple néogothique, jusqu'à un gros immeuble gris qu'elle me montra de l'autre côté de la rue.

– Tu vois cette porte ? me dit-elle. C'est ici qu'habite ton grand-père.

Je regardai la porte, puis déplaçai mes yeux et aperçus (ou crus apercevoir) une ombre derrière la fenêtre. Aussitôt ma mère me tira par la main et nous fîmes demi-tour. Avait-elle remarqué l'ombre, elle aussi ? Je ne me souviens pas qu'elle ait dit quelque chose, ni même tressailli. Elle désirait seulement que je mémorise le trajet que j'effectuerais chaque semaine, une année durant. C'était un voyage à blanc.

*

C'est toujours à la même heure que je sonnais chez lui. Le chuintement de ses pantoufles sur les marches en terrazzo précédait le déclic du verrou. La première fois, il m'accueillit avec une joie retenue, embarrassée. Sa voix était à la fois rauque et douce. Je me rappelle ses mains sur mes épaules avant qu'il ne m'embrasse les joues. Puis je découvris les trois marches, l'étroit couloir, et, au fond, la cuisine d'où provenait une lumière voilée.

Ce premier mercredi, il ne fit aucune allusion à notre présence, l'autre après-midi, en face de sa fenêtre, mais j'eus l'impression qu'il nous avait reconnus, ma mère et moi. M'ayant fait traverser le couloir, il m'installa à la table de sa cuisine, dont la fenêtre, plus large que haute, donnait en partie sur un mur. Je me demandai ce que je faisais dans cette pièce aux côtés de cet homme âgé dont j'observais pour la première fois le visage anguleux, au menton parsemé de poils gris, et le regard intimidé d'un bleu très vif. J'ouvris mon cartable et en sortis cahiers et livres pour mes devoirs. C'était surtout pour m'occuper et m'éviter une gêne. Pendant ce temps, mon grand-père se mit à réchauffer un repas de légumes et de viande, qu'il nous servit avant que le soir ne soit tombé.

Souvent il s'inquiétait de ma faim, comme si je n'avais rien avalé depuis des jours, et cela m'intriguait. Il en faisait une chose qui nous liait, lui et moi, près de la cocotte en fonte et les ragoûtantes odeurs qui s'en échappaient. Et pourtant ma poitrine n'était pas en feu, et pourtant mes yeux ne me rentraient pas dans la tête, et pourtant je n'attendais pas de la nourriture qu'elle me consolât. Il s'asseyait en face de moi, vidait son assiette en me regardant, parfois souriant, parfois pensif, indifférent au téléviseur dont le son était toujours coupé. Il portait un cardigan beige qui avait dû être élégant et dans lequel il flottait. Il se montrait économe de ses gestes parce que c'était un vieil homme (il avait soixante-quinze ans, son corps était usé, amaigri), et de ses mots parce que c'était peut-être sa nature.

Le premier soir, la table débarrassée, il me conduisit jusqu'à une minuscule salle de bains où il ouvrit le robinet d'une baignoire sabot qui emplissait presque tout l'espace et dans laquelle je fis ma toilette, tandis que, dans l'aussi étroite chambre voisine, qui était, m'apprit-il, la chambre de mon oncle « parti en voyage », il me préparait le lit bateau avec une couverture au tissu rêche. Les murs de la chambre étaient chargés de souvenirs militaires. Sabres exotiques et pistolets anciens, douilles d'obus gravées, photographies sur lesquelles mon oncle Jack, avec des cheveux blonds frisés que je n'aurais jamais soupçonnés, posait en compagnie de camarades de régiment dans des villes qui semblaient étrangères. L'une de ces photos me revient, sur laquelle il plastronne dans son uniforme, au pied d'un cheval tenu en bride.

Ensuite, mon grand-père m'expliqua le fonctionnement de la lampe de chevet qui se tenait sur le rebord en bois sombre du lit et qui était en réalité un bébé caïman naturalisé que mon oncle avait rapporté, je suppose, d'une expédition en Afrique, avec, à l'intérieur, une ampoule chétive (et, je le découvris un autre soir, un emplacement secret qui dissimulait des cigares dont le seul que je saisis entre mes doigts cassa). Puis nous nous souhaitâmes bonne nuit et je mis longtemps à m'endormir, l'écoutant aller et venir dans le petit appartement plongé dans l'obscurité. Certaines nuits, je m'inquiétais en imaginant que j'avais été abandonné par mes parents à la suite d'une affaire ayant mal tourné. Les photos de mon oncle se mêlaient à ma rêverie et je repensais à l'ombre aperçue quand ma mère n'avait pas jugé bon qu'elle et moi traversâmes la rue. De cela personne n'aura jamais parlé et j'ai fini aussi par l'oublier.

Certains mercredis, il faisait mauvais temps, une épaisse couche de neige, lourde, collante, recouvrait toute la ville et c'était une épopée pour ses habitants, les autobus ne circulaient plus et mon père avait autre chose à faire. Après la classe, je me rendais alors, non à l'arrêt d'autobus, mais dans un immeuble, rue aux Ours, qui appartenait à l'armée française et où mon oncle Jack avait son bureau. Il me fallait d'abord passer sous un haut porche flanqué d'une guérite. Je revois la couche immaculée de neige fraîche scintillant dans la cour pavée, le planton dont l'uniforme tranchait sur le blanc. Mon oncle me demandait quelques nouvelles de mes parents avant de me faire monter à bord de sa DS qui chaloupait dans les rues aux bruits amortis. Il me déposait chez mon grand-père, c'est-à-dire chez son père, sans même entrer dans la chambre au bébé caïman. Enfant, je me suis souvent demandé pourquoi mon grand-père l'appelait la « chambre de ton oncle », bien que jamais je ne l'y visse et que même aucun vêtement, aucun objet intime ou personnel, hormis ceux rappelant sa jeunesse militaire, n'y fussent reconnaissables ?

Le jeudi soir, quand il était pour moi l'heure de retourner à la maison, je retrouvais ma mère vers 19 heures dans sa petite voiture italienne qu'elle avait stationnée dans la rue, juste en face de l'immeuble. Elle m'y attendait, heureuse de sa journée de travail, l'esprit apparemment tranquille, sans en sortir ni se manifester, sinon par quelques coups de klaxon.

Mais je ne dirais rien de ces journées et de ces nuits chez mon grand-père si je ne racontais, de façon plus précise, à quoi ressemblait son logement. Et pourquoi ce logement provincial et morose n'était pas sans lien avec l'histoire.

Cette histoire dont, à l'époque, je ne savais ni d'où elle venait, ni ce qu'elle était, ni ce qu'elle faisait aux hommes qui y étaient exposés. Des hommes sur lesquels elle soufflait, ruait, cognait, et que parfois elle dévorait.

*

Le tunnel, c'est le nom qu'à sept ans je donnai au logement de mon grand-père.

À cette époque, mes parents se rendaient deux ou trois fois par an en Suisse. Ces voyages avaient toujours lieu, comme par un fait exprès, des jours de classe. La veille du départ, ma mère me remettait une lettre pour mon maître d'école. Tôt le matin, nous prenions place dans la Panhard que conduisait mon père. Après avoir franchi une partie de l'Alsace, puis la frontière à Mulhouse (en ce temps-là les douaniers étaient du genre tatillon), nous mangions sur le pouce au cours d'une halte à Bâle, après quoi notre petit équipage gagnait Zurich où nous résidions – jamais plus d'une nuit – près de la gare. Les jeunes employées qui s'adressaient à moi aimaient m'affubler du diminutif « *chen* » (*Männchen*, *Liebchen*, *Stückchen*), et ce furent mes premières expériences avec la langue allemande. Le lendemain, dans la salle du petit déjeuner, je contemplais leurs tresses blondes, leur robe rouge au liseré à fleurs, leur bustier noir.

Quelle que fût la saison, ma mère et mon père étaient aussi vêtus de manière folklorique. Polo rayé, chemisier fleuri, pantalons de toile, appareil photo en bandoulière, ils avaient l'air de vacanciers. Même si, à peine sortis de l'hôtel, mon père nous délaissait pour aller régler, disait-il, une affaire en ville. Ma mère et moi partions nous promener sur une avenue ombragée qui menait au lac. À notre retour, mon père nous attendait devant l'hôtel, et nous reprenions la route pour rentrer à la maison.

Une fois, c'était l'été, le séjour fut plus long. Après Zurich, nous traversâmes le Tessin pour rejoindre Milan. En plein après-midi, la Panhard s'engouffra dans le Saint-Gothard. Jusqu'à cet instant, indifférent à ce qui se passait autour de moi, je lisais sur la banquette arrière. Le héros de mon histoire – curieusement, ce détail scintille encore en ma mémoire – s'appelait Langelot, personnage phare de la Bibliothèque verte dont la carrière venait de débuter (près de quarante volumes suivraient). Sa carte professionnelle, que je m'étais appliqué à reproduire, son nom remplacé par le mien, sur un petit bristol vert pâle glissé dans mon blouson, portait la devise du service de renseignement pour lequel l'agent n° 222 travaillait : « Solitaires mais solidaires ».

Comme il n'y avait plus assez de lumière pour poursuivre ma lecture, je levai les yeux et remarquai les rubans rouges que traçaient les feux des voitures progressant à la queue leu leu. Autour, la paroi grisâtre du boyau en béton se poursuivait à l'infini tandis que nous roulions à faible allure. J'observai de petites lueurs agiles dans les angles que m'offraient les vitres de la Panhard : elles apparaissaient, disparaissaient, puis réapparaissaient. Dans la pénombre où nous nous enfoncions, j'aperçus, se succédant par intervalles, de petites portes aménagées de part et d'autre du long tunnel. Je me demandai sur quel monde souterrain elles ouvraient, quelles formes de vie elles pouvaient abriter, et si ces vies étaient heureuses ou malheureuses. Et c'est ici, je m'en souviens très bien, que je songeai à la porte de Franz. La petite porte d'ombre où je sonnais le mercredi soir.

Après cette traversée du Saint-Gothard, je ne pus plus m'empêcher de penser qu'il habitait dans un tunnel.

Ces jours-ci, il m'est revenu que sa rue s'appelait la rue des Loges, un nom qui longtemps ne m'a rien évoqué. Jusqu'à sa mort, j'ai souvent répété « rue des Loges » comme un syntagme purement sonore, une expression inoffensive, n'y percevant que ce que j'y avais connu enfant : le petit appartement malcommode, rencogné dans un passage en forme de boyau percé à travers un immeuble.

Si les loges sont l'endroit où les artistes se préparent avant de monter sur scène, il n'y eut pour autant jamais aucun théâtre dans la rue de mon grand-père. Elle est dans un quartier à la lisière sud de Metz, ni faubourg ni banlieue, une succession de façades et de commerces, sans grand intérêt historique, sans curiosités culturelles remarquables, si ce n'est le jardin botanique. En fait, il n'y a plus de lisière et nul ne saurait dire où le quartier commence, où il finit. Au fil du temps et des constructions successives, le tissu urbain s'est densifié, c'est-à-dire à la fois étendu et rétracté.

On passe insensiblement du centre-ville à un boulevard qui d'abord longe un ancien entrepôt militaire transformé en salle de spectacle, puis, brièvement, surplombe l'entrée d'une autoroute, avant de côtoyer des casernes et l'ancienne école supérieure de jeunes filles que l'on doit aussi aux Allemands (*Höhere Mädchenschule* sur la Königin Luise Platz), devenue par la suite un lycée mixte, en face d'un grand café vitré à l'air parisien ; ensuite, après l'hôpital principal (ou plutôt ce qu'il en reste, maintenant qu'on a déplacé ses services vers une lointaine périphérie), on pénètre sur une artère plus large et plus ouverte, aux immeubles bourgeois en partie camouflés par des arbres, et enfin, à droite, surgit l'entrée du jardin botanique. C'est encore la ville et déjà autre chose. La rue des Loges est à deux pas.

En supposant que le mot « loges » soit un nom commun, il est riche de trois ou quatre sens possibles. Si la signification liée au théâtre ne convient pas, si je ne vois pas non plus comment la franc-maçonnerie (« les loges » est une appellation habituelle de l'Ordre) aurait sa place ici, faut-il que je retienne la dénomination attribuée jadis, quand la peste ravageait notre pays, aux précaires cabanes que l'on faisait construire à bonne distance des villes pour y reléguer les pauvres bougres infectés par *Yersinia pestis* ? Comme l'immeuble où vivait mon grand-père est assez récent – il date des années 1950 –, est-il possible que, bien avant, lorsque s'étendait encore ici une forme de campagne à l'habitat clairsemé, on y ait installé des loges pour les pestiférés ?

C'est au Moyen Âge et jusqu'au XVIIIe siècle que les grandes épidémies ont répandu en Europe leur ouvrage de mort et de désolation. Même si, plus tard, il fallut affronter de nouveaux foyers d'un genre différent.

Et, plus tard encore, de nouvelles réclusions.

4

Mon enquête omnivore – maigres souvenirs, lectures éparses, flâneries, rares témoignages, digressions, intuitions personnelles – avance-t-elle dans la bonne direction ? Pour bâtir, on ne maçonne pas seulement avec du sable, il faut aussi de la chaux, de l'eau, un fil à plomb. En commençant, je m'étais promis de ne pas écrire le roman de « Franz Etgen » (le roman de François, l'intitulerais-je plutôt à présent), autrement dit un livre de fiction ou d'évasion, or si l'art romanesque permet toutes les audaces, la conduite d'une enquête requiert un peu de méthode. Aurais-je dû, pour bien faire, obéir à un ordre chronologique ? M'obliger à des règles, à des exigences de rigueur, de clarté, d'obstination ? À la manière d'un historien qui interroge un stock d'archives ? Il n'y avait pas d'archives et c'est l'ordre du cœur qui s'est imposé.

Aussi pudique fût-elle, l'affection qui nous liait, mon grand-père et moi, est la première certitude qui m'est venue en ouvrant mon carnet, avant même que ce carnet me donne l'idée d'un livre. C'est l'enfant que j'étais qui écrit dans ce carnet, celui qui a éprouvé pour son grand-père un attachement d'autant plus fort qu'il a cru à cette époque que ses parents et en particulier sa mère se détachaient de lui. Une perception d'enfant – *puérile*, me dirait mon frère. Il n'en reste pas moins que le sentiment d'avoir perdu un temps l'amour de mes parents, puis de l'avoir trouvé chez un vieil homme qui m'était presque un étranger, m'appartient. Personne ne peut me l'enlever.

Au cours de nos premières rencontres, François et moi échangions peu de paroles. Tout donnait l'impression que nous n'avions pas grand-chose à nous dire, et lui, en homme timide et taciturne, pas grand-chose à m'apprendre. Sa vie entière affirme pourtant le contraire. Résumée puis découpée en périodes distinctes, dont chacune, je crois, en dit long :

– 1891-1906 : naissance à Lorry, village du pays messin dépendant depuis 1871 du territoire impérial d'Alsace-Lorraine (*Reichsland Elsaß-Lothringen*) ; école primaire allemande, le français est parlé à la maison mais les agents de l'Empire (gendarmes, instituteurs, employés de mairie) font régner la loi allemande ;

– 1906-1909 : apprentissage du métier de tailleur chez un maître-tailleur ayant son atelier en ville, Metzgerstraße. Metz est davantage germanisée que les campagnes alentour, un tiers de sa population a rejoint la « France de l'intérieur », remplacé par des milliers de familles allemandes, et, de l'agent de police à la guichetière du bureau de poste, tous les fonctionnaires sont, sinon des Allemands, des « Alsaciens-Lorrains » germanophones (voire germanophiles) convaincus ; on parle allemand dans les rues et les commerces, dans les cafés, les jardins publics, les lieux de loisir, on le lit dans une partie de la presse, l'armée impériale parade partout, la culture française s'asphyxie. François rentre chaque soir chez ses parents ;

– 1909-1911 : l'apprentissage une fois terminé, son maître-tailleur l'embauche. François ne rentre plus dormir au village mais loue une chambre, Kammerplatz, au-dessus d'un studio de photographie. Le jour où, au lieu de pousser la porte de l'immeuble, il pénètre dans l'échoppe attenante au studio, un homme en gilet de soie, chemise blanche aux manches relevées et nœud papillon plat, se tourne vers lui et lui demande : « *Was kann ich für Sie tun, junger Mann ?* » (enfin, j'imagine) ;

– 1911-1913 : il a vingt ans et s'en va à Strasbourg, capitale du *Reichsland*, effectuer son service militaire de trois ans dans un régiment prussien. Au cœur de la nouvelle *Heimat*, il ne parle plus français. Quelles sont ses pensées à ce moment-là ? À quelle nation se sent-il appartenir ? Margaretengasse, en face de l'abattoir, il se fait photographier en uniforme *feldgrau* et envoie le portrait-carte à ses parents. Après une année d'instruction où il manie le fusil Mauser, il est affecté à l'infirmerie de son régiment (*Regimentskrankenstube*) ; il y exerce d'abord comme aide-soignant, puis, promu caporal-chef (*Unteroffizier*), apprend le métier d'infirmier (*Krankenpfleger*) et commence à soigner des malades ;

– 1914-1918 : en juin 1914, libéré de ses obligations militaires, il retourne dans son village natal, puis, après une semaine passée en famille, retrouve la ville et son emploi de tailleur. Le 3 août, l'Allemagne, deux jours après avoir déclaré la guerre à la Russie, la déclare à la France. François est mobilisé, rejoint son régiment basé à Strasbourg. Fin septembre, il est affecté en qualité d'infirmier dans un hôpital de campagne (*Feldlazarett*) installé au nord de Verdun, où sont traités les blessés les plus graves évacués du front distant de quelques kilomètres. À Lorry, il n'est pas le seul homme de la famille à partir à la guerre : Charles Etgen, le jeune frère de dix-neuf ans de sa fiancée Aurélie (ma future grand-mère paternelle), intègre comme simple soldat (*Musketier*) le 18e régiment d'infanterie de réserve de la *Deutches Heer*, qui ira combattre sur le front de l'Est, et l'époux de sa sœur Jeanne, Émile-Henri Boudeaud, un « Français de l'intérieur », ayant quitté l'armée en 1910, au grade d'adjudant, pour trouver du travail en Moselle et s'y marier, doit rejoindre le 277e régiment d'infanterie de l'armée française basé à Cholet, dans le Maine-et-Loire (ainsi les deux beaux-frères combattront-ils dans des armées ennemies. Lequel sera du bon côté de l'Histoire ? Y a-t-il un bon côté ?). À l'été 1915, François quitte son hôpital de campagne et est transféré vers un poste de secours (*Truppenverbandplatz*) établi à Vauquois où la terrible « guerre des mines » a commencé. Il y restera, avec peu de permissions, jusqu'à la fin de la guerre ;

– 1919-1945 : de retour à Lorry, il épouse Aurélie Etgen, s'installe comme tailleur dans le village redevenu français. Sa femme devient dans les villages alentour et jusqu'en ville une cuisinière réputée pour les noces et banquets de familles bourgeoises. Le couple a deux fils, et les parents de François sont logés à l'étage de la maison. La vie, dans un pays messin meurtri par les combats et un demi-siècle de servitude, a des airs de convalescence. En juin 1940, la ville est de nouveau occupée, le drapeau ennemi flotte sur les bâtiments publics, la Kripo (la police criminelle nazie) prend ses aises, rue aux Ours, un camp d'internement est ouvert dans un fort, on se salue en beuglant « *Heil Hitler !* ». François et sa famille, expulsés de leur maison par l'armée allemande, se réfugient près de Carcassonne ; recueillis par une famille de viticulteurs dans le bourg de Pezens (neuf cents âmes), ils y vivotent jusqu'à la Libération ;

– après 1945 : retour au village, la maison a été pillée et saccagée, ses parents (mes arrière-grands-parents Jean et Anne déportés en Allemagne) déclarés « décédés » (*verstoben*) sans plus d'explications. Le métier de tailleur ne rapporte plus, Aurélie souffre d'insuffisance respiratoire et François obtient en ville une place d'employé aux écritures, sorte de scribe à la succursale de la Banque de France. Est-ce à l'heure de sa retraite, au milieu des années 1950, qu'il loue avec Aurélie le logement de la rue des Loges, ou bien avant ? Et je reviens à ma sempiternelle question : pourquoi un tel logement ? Quelle peste l'aura chassé là-bas ? Il sera veuf quelques années plus tard.

Comment une succession de dates percerait-elle le mystère ?

En même temps, j'ai conscience que cette exposition des faits est faussement objective : en rapportant des événements datés, relatés ou non par des proches et pas forcément vérifiés, je m'octroie des droits sur le passé de mon grand-père qu'on peut, à juste titre, me contester. Sauf que je n'ai pas prétention à faire œuvre de biographe. Dans une biographie, où est la vraie vie ?

Depuis que François est mort, son passé me fait l'effet d'une couche de neige tombée dans une rue longue et vide. Je pense à ces rues de Paris photographiées au début du XXe siècle par Atget et dont on dit qu'elles ressemblent aux lieux d'un crime. À force d'arpenter la rue, des traces noires, luisantes, apparaissent, qui se distinguent du blanc – comment nierais-je qu'il s'agit de mes propres pas ?

À ma naissance, François avait soixante-huit ans, c'est à peine dix de plus que moi aujourd'hui. Ce n'était pas encore un homme fini, ni un homme malade (c'est à quatre-vingt-trois ans qu'il s'éteindra dans la chambre de Belle-Isle), or, déjà, il se terrait dans son « tunnel », comme il avait connu, contre son gré, les galeries souterraines et sanglantes de la butte de Vauquois, puis le logis de ferme du village de Pezens où il fallut attendre, blotti, l'âme désarmée, la fin de la guerre, avant son « logement de concierge » (comme l'a désigné une fois un cousin que j'aurais dû gifler).

*

Ai-je raison, après tout, d'employer l'expression « se terrer » ? *Se cacher, se mettre à l'abri, se retirer en un lieu secret* : à moins que les différents sens de ce verbe ne correspondent aux parties successives de sa vie. Mais la dernière, la seule que j'aurai approchée, était-elle vraiment une « vie cachée » ? N'était-elle pas surtout une vie démunie ?

Je ne peux m'empêcher de songer au *Terrier*, l'un des ultimes récits de Kafka. François a trente-deux ans quand l'écrivain pragois, exilé avec Dora Diamant à Berlin (son dernier domicile avant le sanatorium où il mourra), fait parler avec un art prodigieux une sorte de taupe humaine confinée dans un abri souterrain à cause de « l'hostilité du monde ».

J'ai déjà dit que *La Métamorphose* avait joué pour moi le rôle d'une porte dans l'œuvre de Kafka, mais une porte qui s'est ouverte malaisément. Kafka confie dans son Journal que, lisant un jour *La Métamorphose* à Max Brod, les deux amis en rirent beaucoup, aveu qui continue de m'étonner : j'ai beau m'être souvent plongé dans l'histoire de Gregor Samsa, cet homme qui se réveille un matin « transformé dans son lit en une énorme bestiole immonde » avec des morceaux de pommes pourries dans son dos et qui va finir par crever sous le regard dégoûté des siens qui se débarrasseront ensuite de son cadavre comme de déchets de cuisine, jamais je n'ai eu envie de rire. Avant d'être l'histoire d'une déchéance, *La Métamorphose* est une histoire de famille – l'une des pires (et des plus instructives) histoires de famille de la littérature. À quoi ressemblait la famille Kafka ? On en a quelque idée par les écrits de Kafka lui-même, qui d'ailleurs détestait son nom (« Je n'aime pas voir mon nom écrit »), alors qu'il n'a eu de cesse de le semer dans son œuvre sous les pseudonymes de ses personnages principaux. Samsa fait penser à un cryptonyme infantile (je remplace les « k » par des « s » et le « f » par un « m », a dû se dire une nuit Kafka, avec un pâle sourire, à sa table de travail).

Cela dit, multiples sont les façons et les raisons de rire.

Parfois j'entends le rire de Kafka comme celui d'un enfant qui jette la tête en arrière, tel un ânon qui braie, en se rappelant ses farces, parfois comme le rictus sardonique d'un jeune homme qui souffre de ne pouvoir écrire et d'être traité de parasite par son propre père. La chambre (le bureau) devient l'unique refuge. Si *La Métamorphose* me trouble encore, c'est parce que je devine de quelle métamorphose il s'agit : Franz Kafka transformé en Gregor Samsa dans le seul but de raconter à ses amis et à lui-même sa terreur familiale, et, la racontant sous cet angle irréel, aussi irréel que vrai, de tenter de la mettre à distance.

En revanche, *Le Terrier* est le récit de Kafka dans lequel je me suis tout de suite senti chez moi. Écrire, c'est aussi bien sortir de son terrier que bâtir des digues autour de soi.

Parmi les différentes acceptions du mot « loge », il en est une, en usage jusqu'au début du XXe siècle, que j'ai découverte ces jours-ci : « Gîte de certains animaux ». La coïncidence évidemment m'émeut. Je regarde le portrait de Kafka qui me regarde sur sa pince en métal brossé, et je pense au terrier de sa taupe fantastique. La question est : pourquoi, durant toutes ces années où j'ai lu Kafka, où il fut pour moi *l'unique* écrivain, je n'ai jamais pensé, comme je le fais maintenant, à mon grand-père François ? Cherchais-je, moi aussi, à cacher quelque chose ? Quelque chose à propos de François ? Ou bien à propos de moi ?

La petite porte d'ombre où je sonnais le mercredi soir.

Il est vrai aussi que le terrier de cet étrange animal est vu, dans le récit de Kafka, comme « un monde nouveau, qui donne des forces nouvelles », ce qui, apparemment, ne fut pas le cas de mon grand-père.

*

Je n'ai pas souvenir qu'on m'ait emmené rue des Loges avant 1966, l'année des cinquante-deux jeudis. Peut-être l'a-t-on fait quand j'étais nourrisson ? Ou pour les vœux de nouvel an (avant que mes parents soient abonnés au téléphone) ? Ce n'est même pas certain. Quant à François, je ne crois pas, en y réfléchissant, qu'il ait un jour sonné à notre porte. Ainsi aurais-je pu continuer à grandir sans qu'il y ait entre nous autre chose que ce faux prénom, cette culpabilité à peine ennuyeuse.

Nous vivions dans le centre, ai-je dit, au second étage d'un immeuble bourgeois à la façade en pierre dorée, pourvu de hautes fenêtres d'où j'observais et dessinais la place : cette Kammerplatz où, tailleur débutant, François a lui-même habité. Récemment je me suis rendu à l'adresse de l'ancien photographe, Prillot, qui l'avait hébergé de 1909 à 1911. Il m'a été assez facile de reconstituer son histoire.

En 1892, le jeune Henri Prillot avait repris l'ancien atelier de Gonzalve Malardot, un graveur de talent qui s'était passionné pour la technique photographique et lui avait cédé son matériel. Le soir, après la fermeture de l'échoppe, Prillot menait ses propres recherches dans le but d'améliorer ce qu'il appelait « la plus belle invention du siècle ». Il est plausible que mon grand-père ait assisté à l'une ou l'autre de ces expériences, qu'il ait même servi de modèle à Prillot et que son portrait en soldat allemand ne fut pas la seule image de lui en sa jeunesse. Que sont devenues ces photographies ? Si elles existent, peut-être ont-elles capté des expressions plus naturelles de mon grand-père, différentes de sa pose en recrue du Reich ? (Comme il est possible que réside en ces pages une image véridique de moi.)

À côté de ces travaux, c'est avec des clichés commerciaux que Prillot gagnait sa vie. La pratique du portrait-carte connaissait un engouement extraordinaire. Des doubles de soi accessibles à tous. Bien qu'il y eût en ville de la concurrence – Winkel & Müser, au 22 rue des Jardins, Jean-Baptiste Jungblut, au 37 rue Mazelle, Sassen, au 15 rue des Clercs –, les affaires marchaient du feu de Dieu pour le photographe Prillot. En 1895, Émile, le benjamin d'Henri, s'associa avec son frère, puis ce fut le tour de leur aîné, Victor, ferronnier d'art de profession, d'être séduit par l'entreprise familiale auréolée de succès. En quelques années, l'ancien atelier du graveur Malardot s'était transformé en un commerce réputé : le studio des frères Prillot – Émile le commerçant, Victor l'artisan, Henri l'innovateur – sous la protection de la cathédrale.

En 1911, mon grand-père quitta son logement au-dessus du studio de photographie pour aller effectuer son service militaire à Strasbourg. Puis ce fut la guerre. Il ne revint jamais Kammerplatz, rebaptisée en 1919, après que Metz fut rendue à la France, place de Chambre.

Quatre décennies plus tard, c'est à deux cents mètres de là

que je verrai le jour et grandirai. Enfant, je ne savais rien de cette proximité due sans doute au hasard. Mon père était-il au courant ? Et pourquoi donc ne m'aurait-il rien dit ?

L'immeuble où vécut le jeune François se situe dans la partie basse de la place, quand celle-ci s'étrécit et devient rue. Absent de mon champ de vision depuis ma fenêtre d'enfant, je ne l'aurai jamais dessiné. L'aurais-je vu, cela n'aurait rien changé. Avant ma naissance, la réussite de leur studio avait encouragé les frères Prillot à le déplacer rue Serpenoise, l'artère vibrante de la cité, sous l'enseigne PHOTO HALL, avant que la veuve d'Émile et sa fille ne ferment la boutique au milieu des années 1970. Je suppose qu'il est arrivé à mon grand-père d'emprunter cette rue Serpenoise et de tomber sur la vitrine de PHOTO HALL, ou de se rendre Kammerplatz en passant sous nos fenêtres, de lever la tête, l'esprit plongé (comme moi) dans ses souvenirs et diverses conjectures (sonner, ne pas sonner), quoique après tout je n'en sache rien.

*

La vérité est qu'entre François et mon père les relations étaient, pour ce que j'en voyais, distendues, comme gelées. Il y avait bien une ou deux réunions familiales annuelles, mais c'est à peu près tout. Le lundi de Pâques, nous avions l'habitude de déjeuner ensemble dans une localité touristique du massif vosgien mosellan, et ma mère, au sortir de l'hôtel-restaurant à l'allure de gros chalet helvétique, avec son toit à pans de tuiles rouges et sa façade de bardeaux jaunes, prenait rituellement une photographie des trois hommes de la famille : son mari, le frère de son mari et François. Mon frère et moi les observions. Debout devant la DS flambant neuve qui nous avait emmenés jusque-là, ils fixaient le Bilomatic (de fabrication allemande) de ma mère. Brefs sourires dans le paysage. En y repensant, je me demande si ces réunions ne relevaient pas plus de la fable que de l'amour.

Légendaires, en effet, ces photos un peu floues, retrouvées elles aussi par mon frère dans les tiroirs de Montigny : Pâques 1969, Pâques 1970, Pâques 1971... Les deux frères aux côtés de leur père, posant dans la même attitude filiale avec pour différences discernables d'une année à l'autre la corpulence (plus ou moins forte) de mon oncle, la moustache (ou pas) de mon père, leurs vêtements, la couleur du ciel (bleu dur en 1973, nuageux en 1972 et en 1974) et celle de la DS que mon oncle remplaçait chaque année, tandis que mon grand-père est toujours coiffé de la même casquette, vêtu du même polo en laine grise sous sa veste grise. Mais le lundi de Pâques 1975, la casquette disparut, il n'y eut pas de photo cette année-là, pas de déjeuner non plus à l'hôtel-restaurant de Dabo, la série s'était arrêtée pour toujours.

Les photographies sont souvent des preuves, même si on ne sait pas ce qu'elles prouvent.

Un père âgé, dans ses habits simples, ses habits usés d'homme de peu, sur la pente lui-même de l'amenuisement, entouré de ses deux fils.

– Mettez-vous devant la nouvelle voiture de Jack, disait ma mère.

Les photographies ne mentent pas, même si on ne sait pas comment les regarder.

Quel monde voulait-on ici préserver ? Et lequel voulait-on cacher ? Quelle était l'intention de ma mère ? Mon œil a glissé sur l'image, il cherche ce qu'il pourrait y avoir derrière. « Mettez-vous devant la nouvelle voiture de Jack. » Ou bien était-ce une idée de mon père. En tout cas, la DS était là.

Au fond, les relations de François semblaient inexistantes avec les gens en général, comme s'il ne fréquentait personne, ne voyait personne, ne parlait qu'à quelques voisins. Avait-il au moins des amis ? Son dénuement était-il seulement matériel ?

Dernièrement, j'en ai touché un mot à mon frère. Je voulais savoir si la froideur parfois de notre père, les voyages répétés de notre oncle qui n'occupa que très rarement la chambre au bébé caïman, l'absence de visites de notre grand-père dans notre appartement en ville, ne pouvaient s'expliquer par une forme de disgrâce. Son avis est différent du mien.

Je regarde de nouveau les photos et me demande qui a raison.

*

Parmi les arguments que j'opposerais à mon frère, il y a les faits qui m'ont poussé à enquêter sur notre famille. L'étrange effacement de François, l'humilité de sa vie, la cruauté de l'histoire qui semble se répéter. Peut-être l'extravagant hôtel que Metz va accueillir m'aurait-il moins troublé si mon père et mon oncle ne m'avaient donné l'impression d'avoir eux-mêmes négligé mon grand-père et n'avaient, peu après sa mort, vendu sa maison dans le village. Peut-être y aurais-je vécu, adulte ; peut-être même mon frère. La maison était grande, le village agréable. En tout cas, nous aurions pu au moins nous poser la question, au lieu de quoi quelque chose fut rompu par la volonté de mon père et celle de mon oncle, qui d'ailleurs n'avaient pas besoin de cet argent. Que perd une famille qui n'a plus de maison ?

Pour revenir à mon enfance, les rapports entre mon grand-père et ses fils pouvaient s'expliquer, du côté de mon père, dont je savais le prix qu'il accordait à la réussite et à toute promotion petite-bourgeoise (combien de fois m'a-t-il ressassé que le fils ou la fille d'Untel, après un doctorat en pharmacie ou des études à HEC...), par la gêne ou l'irritation qu'il aurait ressentie devant le renoncement de son propre père à tremper dans la vie.

Une anecdote – c'est plus qu'une anecdote – circulait dans notre famille. Je l'ai entendue plusieurs fois dans mon adolescence. Après la Seconde Guerre mondiale, quand mon grand-père, âgé d'une cinquantaine d'années, décida de ne plus reprendre son métier de tailleur, soit parce qu'il avait perdu tout goût de l'exercer, soit parce qu'il s'était rendu compte que cette activité, tombée en désuétude, ne lui permettrait plus de faire vivre son foyer, ma grand-mère, un peu plus jeune que lui, déclara son intention d'ouvrir un restaurant. Comme ceux qui l'embauchaient pour un repas de mariage ou d'anniversaire avaient toujours vénéré (disait-on) ses talents de cuisinière, il est probable qu'elle en caressait l'idée depuis des années, or voici que la disponibilité de son époux rendait soudain concrète son ambition. Sans doute se voyait-elle déjà en Mère Brazier messine. C'était sans compter, nous a plusieurs fois dit mon père, sur l'inertie de mon grand-père, puissant contrepoids au désir de sa femme. Le restaurant demeura un rêve et le rêve une cause de fâcherie. J'imagine que mon père en voulut à mon grand-père. Alors que, dans la famille, beaucoup pensaient que ces extras exténuants (à l'époque un mariage pouvait durer trois jours) épuisaient Aurélie à la santé déjà fragile, et qu'un restaurant, pour cela, n'était pas une idée raisonnable, mon père, quant à lui, dut croire que c'est parce que François l'avait empêchée de suivre ses aspirations qu'Aurélie se laissa dépérir (dix ans plus tard, elle nous quittait).

Mon grand-père devint-il après cette histoire le banni d'une partie de la famille ? Ou bien sont-ce mes yeux et mes oreilles d'enfant qui m'égarent ? Il est possible que je ne perçoive que la surface des choses, telles les photos imparfaites de ma mère, le lundi de Pâques : elles ne révèlent aucun secret, ne suggèrent même pas qu'il y avait un secret. Je ne tiens pas non plus à faire la morale à quiconque. Bien que mon enquête connaisse des détours, je n'oublie pas que je dois découvrir quelque chose. Je me vois en fait comme un

« enquê-lecteur » : c'est de la littérature plus que de la vie que j'attends des réponses.

*

Fin 1853, Herman Melville publie dans *Putnam's Monthly*, magazine new-yorkais, un récit intitulé *Bartleby, the Scrivener* (« Bartleby le scribe ») – *A Story of Wall Street*. Wall Street est déjà à cette époque le chaudron de la finance que l'on sait, et un avoué aux affaires prospères a besoin d'un nouvel employé pour la copie de pièces juridiques. Un jeune homme se présente, sans qualités particulières ; l'avoué l'engage. Un pupitre lui est dévolu dans l'étude, face à une étroite fenêtre dont la vue est barrée par un mur. Le jeune Bartleby se montre d'abord un scribe modèle, aussi efficace que soigneux ; puis, après quelques jours, aux demandes de son employeur il se met à faire chaque fois la même réponse, laconique : « je préférerais ne pas » (« *I would prefer not to* »), sans autre explication. L'avoué au lieu de se fâcher s'interroge. Peut-être son employé est-il enclin à la mélancolie ? Aussi décide-t-il de donner à Bartleby des tâches plus simples, comme s'acquitter de quelques courses. Même refus. Bartleby n'est pas révolté, mais est devenu apathique, comme si le réveil d'une profonde blessure l'absentait du monde. Si amorphe qu'il ne va même plus quitter son lieu de travail. L'avoué tente ce qu'il peut pour le faire changer d'attitude. En vain. Il cherche alors à s'en débarrasser aussi humainement que possible. Rien n'y fait non plus. C'est finalement l'avoué qui, de guerre lasse, partira, et, quelque temps après, tombera sur Bartleby dans une prison de la ville, en train de se laisser mourir.

C'est un des plus marquants récits de la littérature moderne, au moins aussi puissant que *La Métamorphose*, et il est difficile de ne pas voir la symétrie qui s'esquisse entre les deux histoires, la même impossibilité tragique qu'elles racontent. Comme Bartleby qui s'est « métamorphosé » en un être asocial inerte, Gregor est lui aussi un reclus ; et la fin du scribe « étrangement recroquevillé au pied du mur, couché sur le flanc, les genoux repliés et la tête touchant les pierres froides » annonce celle de l'homme-cloporte. Quand il écrit « Bartleby », Melville est un auteur perdu et maudit (la critique vient de le clouer au pilori pour son roman « incestueux » *Pierre ou les Ambiguïtés*, paru l'année précédente), fils d'un père lui-même perdu et maudit (mort fou quand Melville avait douze ans, devenu ensuite aux yeux de son fils une icône ambiguë, sorte de dieu pécheur). Comme plus tard pour Kafka et ses animaux « insensés », le sens de cette histoire insensée n'est-il pas à chercher dans l'histoire même de son auteur ?

Il y a pourtant une différence de taille entre les deux récits. La famille de Gregor, qui ne se sent plus d'attaches avec le fils à l'apparence monstrueuse, a cessé de l'aimer et souhaite même sa mort pour être libérée et jouir pleinement de l'existence ; l'avoué, au contraire, se sent responsable de ce désespéré qu'il connaît à peine et qu'il voudrait ramener à la vie. Il incarne, écrit le philosophe Deleuze, une « image paternelle ». Un bon père qui ne parvient pas « à empêcher les démons parce que ceux-ci sont trop rapides pour la loi ». C'est d'ailleurs l'avoué lui-même qui, sous la plume de Melville, nous relate le drame de cette vie chétive et muette dans des pages empreintes de culpabilité : « Ah ! Bartleby ! Ah ! humanité ! » Loi humaine ou loi de l'histoire : celle qui écrase les innocents et contre laquelle, même bienveillants, même aimants, les pères (comme les fils) ne peuvent rien. Melville, en créant le personnage de Bartleby, n'insinue-t-il pas qu'il faut être orphelin pour écrire ?

*

Ce jeudi-là, une fois sa sieste terminée, François se frotta les yeux après s'être levé de son lit, puis massa ses membres gourds avant d'aller chercher un escabeau dans le cagibi de la cuisine. Il le déplia dans sa chambre, prit sa respiration, grimpa jusqu'à la dernière marche. Les trois degrés qui le surélevaient étaient-ils suffisants pour que ses mains atteignent le haut de l'armoire ? Encore fallait-il qu'il tendît son corps et se dressât sur la pointe des pieds. En équilibre, il se saisit d'un objet oblong posé au-dessus du meuble et dissimulé dans un coupon de tissu. Une fois redescendu de l'escabeau, il déposa la chose avec délicatesse sur le couvrepied de son lit, balayant des doigts la fine couche de poussière. Enfin, déroulant le tissu, il fit apparaître la canne.

Cette canne, je ne l'ai jamais vue que chez lui, les jeudis

où nous allions ensemble au jardin botanique, et je ne l'ai jamais revue depuis. Pourtant c'est comme si elle était encore sous mes yeux : son fût mince en bois d'acajou étincelait sous le lustre de la chambre, et son pommeau à tête de perroquet était recouvert d'un cuir grenu que j'aimais effleurer de la main, comme une peau de petites perles, même si, avec son bec en forme de pince de crabe et ses yeux renfrognés, ce drôle d'oiseau ne m'était pas sympathique. C'était une canne ancienne et probablement d'origine étrangère. Je ne sais pas ce qu'il en est advenu après la mort de mon grand-père, mais son souvenir est si présent, avec une précision photographique, que j'aurais tort de l'ignorer.

– Va mettre ton manteau, me dit mon grand-père, nous sortons.

À cette époque, aucune aire de jeux n'avait encore été aménagée pour les enfants de la ville, et le jardin botanique s'offrait à tous dans sa vastitude sans réserve. Style anglais, séquoias géants, tapis de roses rares, bassin aux cygnes, serres aux murs de briques polychromes, envahies de plantes tropicales, et dans lesquelles vivaient une multitude d'oiseaux et d'adorables tortues naines s'ébattant nonchalamment en eau trouble. De toutes les curiosités du lieu, celle qui me causait l'impression la plus forte était sans conteste le bronze de Christophe Fratin. Il demeure à jamais associé à l'année vécue chez mon grand-père.

La première fois que je l'ai vu, découvrant les aigles terrifiants aux ailes déployées, prêts à déchiqueter le cerf dont les minutes semblent comptées, la peur m'a glacé le sang. J'ai cherché la main de mon grand-père qui se tenait à côté de moi. Il s'était arrêté devant la sculpture, l'observait en silence. Voisin du jardin, il l'avait forcément vue quantité de fois, pourtant me reste le sentiment que, ces après-midi-là, quand sa main se refermait sur la mienne, il ressentait en la présence des aigles une émotion qui le reliait à une région crépusculaire de sa mémoire.

C'est au cours de ces promenades qu'il arrivait à mon grand-père de se confier un peu. Ce n'étaient pas des histoires qu'il me racontait mais des scènes incomplètes, de petits tableaux qui se suivaient ou non et que je n'ai compris que plus tard. D'abord la ville. Elle avait perdu sa langue, son sens commun, le goût des choses ordinaires. Ensuite, au-delà d'étendues d'arbres nus, des champs troués d'entonnoirs, des plaines brûlées, des aigles sous des lueurs d'orages. Je les imaginais et me tenais sur mes gardes. Seulement je n'étais qu'un enfant. Le passé était encore pour moi une chose abstraite.

*

Un des plaisirs naïfs que peut, à toute époque, s'offrir le pouvoir politique consiste à commander à un architecte, ou à un artiste en vue, un ouvrage tape-à-l'œil qui façonnera l'espace public. Qu'il s'agisse, sous l'Antiquité, de temples, de palais, d'arcs de triomphe, de statues, plus tard de châteaux, de peintures pompières, de reliquaires, de statues encore, et, aujourd'hui, de bâtiments ébouriffants dessinés par des « architectes stars » ou d'illustres designers, le but de ces commandes est toujours le même : glorifier le régime en place et ses représentants.

Au début des années 1850, le sculpteur Christophe Fratin, né à Metz en 1801 et dont le style romantique a fait merveille, il imprime aux vautours, buffles et lions qu'il coule dans le bronze une sauvagerie qui plaisait beaucoup à la noblesse européenne – le duc de Luynes, des lords anglais, et même le roi de Prusse et l'empereur de Russie ont sollicité ses talents pour agrémenter leurs parcs et châteaux –, reçoit commande par l'État français d'un groupe animalier de belle dimension. Napoléon III a une haute idée de la grandeur de la France et de lui-même, et les œuvres d'art ne sont pas faites pour les chiens. Cela tombe bien parce que Fratin traverse depuis quelque temps une période de vaches maigres.

On est au Raincy, à une vingtaine de kilomètres au nord-est de Paris. C'est une matinée froide d'hiver. En chemise ample, col officier et manches plissées, cheveux roux et barbe en bataille, Fratin, depuis les baies vitrées de son atelier imprégné de poussière de plâtre, contemple les eaux silencieuses de la Seine, ourlées d'un léger brouillard. Derrière lui, des formes métalliques évoquent l'ossature d'un tigre, mâchoires grandes ouvertes, d'un cerf couché aux ramures inclinées, de deux dogues dodus. Sur un secrétaire en acajou, lui aussi tacheté de plâtre, repose une lettre du ministère de l'Intérieur et des Beaux-Arts. Fratin a le visage blême, les yeux injectés de sang. Il se passe une main sur le front, exhale un soupir. Là-bas, à Paris, on perce le boulevard de Strasbourg. L'empereur veut faire d'une capitale aux rues qu'il juge malsaines un monde moderne et opulent. Avec regret, Fratin se souvient des commandes de jadis. « Vache morte que des loups déchiquettent », « Cerf blessé se léchant », « Lion dévorant un cheval ». Beaux sujets, pense-t-il, sinistres présages. Aux amis, il lui arrive de confier qu'il n'a qu'un seul maître, Géricault, mais à présent tout a changé : Paris, la société, les mœurs, l'argent, les riches et les puissants, les goûts, les clients et la gloire. Son principal rival, le sculpteur Barye, a su aller de l'avant. Les ours comme les éléphants, Barye les rapetisse façon jivaro, les multiplie pour les montrer partout, chez les marchands d'art de la capitale et même à l'étranger. Sculptures miniatures vendues en boutiques, de l'art pour quelques francs. Fratin croit rêver mais c'est l'esprit du temps (ou son cauchemar). Révolution industrielle, nature manipulée, humanisée, artificielle. L'art comme accessoire de la vie à la portée de toutes les bourses ou presque. Fratin revoit alors les animaux de son père, Henry Fratin, le taxidermiste.

Début 1800, la famille Fratin vit à Metz, 2, rue du Moyen-Pont, dans un immeuble de trois étages. Le père est cordonnier de profession. Logeant avec sa femme Catherine et leur unique fils dans l'appartement du premier, c'est au rez-de-chaussée, dans un local ouvert sur la rue, qu'il recloue souliers et bottillons, confectionne ceintures et bourses en cuir. À côté de son gagne-pain, Henry Fratin ne manque pas de talent pour empailler les animaux. J'imagine des bêtes familiales, l'ancien compagnon d'une vie (chat, chien, canari) figé pour l'éternité dans une tournure gracieuse, des trophées de chasse (blaireaux, hures de sanglier, bois de cerf) en vue d'orner le salon. La clientèle est bourgeoise, non que les pauvres aiment moins les bêtes que les riches, mais la subsistance l'emporte chez eux sur le culte des dépouilles et la décoration (à la chasse, ils n'ont droit d'ailleurs qu'aux restes). Empailler un chien ou un renard est un drôle de boulot. Après l'avoir ouvert, il faut fourrer ses mains dans le cadavre, sortir la tripaille, la viande et une partie des os (on garde le crâne à cette époque). Ensuite, grattage et raclage de la peau avec un soin extrême pour retirer les résidus graisseux, les fragments de cartilage (sinon ce sera la pourriture), trempage durant deux jours dans un mélange de sel, de jaune d'œuf et de farine (en gros, la recette de la pâte à strudel), tannage à l'alun puis séchage. Puis fabrication de la forme au moyen de paille, de bois, de plâtre, sur quoi sera montée la peau tannée. Finitions à la brosse, au pinceau, à l'aiguille… Je n'y étais pas mais je vois le jeune Christophe enrôlé pour gratter les peaux au couteau. Le père ne le ménage pas, l'odeur est atroce, il en vomirait presque, mais quelquefois, après l'école, des animaux morts et encore frais sont posés sur la table, son père ne lui demande rien, alors l'enfant les dessine, apprend l'anatomie. Une fouine tuée dans un champ, apportée par le baron Marchant, maire de la ville et grand amateur de trophées. Christophe caresse la bourre de l'animal, soyeuse comme un duvet, elle est encore tiède, que sent-il ? Si on ne le regarde pas, il enfouit son nez dans la bête, observe les courtes oreilles, la truffe rosâtre, le pelage marron-gris, le plastron blanc, les pattes à cinq doigts, la queue touffue – on devient artiste pour moins que cela.

Aujourd'hui, dans le même immeuble toujours debout, c'est un cuisinier japonais qui assure le spectacle en faisant sauter des crevettes.

La lettre du ministère de l'Intérieur et des Beaux-Arts est arrivée hier, Fratin la relit encore. Il songe à un chef-d'œuvre et en fera deux. Des mois passent. Il reçoit paiement pour sa sculpture, des hommes en blouse grise viennent la chercher un matin, mais celle-ci, malgré des courriers répétés, n'est encore exposée nulle part. On dénigre son travail ? On se moque du génie romantique ? Sa barbe est trouée.

Des années passent. Puis voici qu'en 1861, le ministère décide d'attribuer la sculpture à sa ville natale. Sur place, le conseil municipal accepte volontiers. La bonne aubaine : une Exposition universelle doit se tenir cet été-là dans la cité messine. Fratin apprend que son chef-d'œuvre sera érigé dans les jardins de l'Esplanade, les plus beaux de la ville. L'accès à l'Exposition coûtera un franc. Elle sera un triomphe.

Mais, fin septembre, quand on en démonte les bâtiments, les Messins, contre toute attente, réclament que l'on débarrasse aussi la sculpture. Elle leur gâte la vue, se plaignent-ils.

La mairie décide de la reléguer au fin fond d'un parc en travaux au sud de la ville : le futur jardin botanique.

L'année suivante, à l'occasion d'un séjour à Paris, un industriel américain du nom de Gordon Webster Burnham, ayant fait fortune dans les métaux semi-précieux, se rend à une vente publique dans le quartier du Louvre et y achète la sculpture jumelle de Fratin, le second des deux chefs-d'œuvre. Transportée par paquebot, la sculpture est offerte à Central Park, qui vient d'être créé au nord de Manhattan et que l'on aménage tel un musée. Mais des critiques d'art et de nombreux visiteurs attaquent la statue française, arguant que cette « représentation sauvage de la nature » jure avec la « beauté tranquille et bucolique » qui règne dans le parc. Ils exigent que l'on retire ce bronze monumental, choquant et inapproprié. « Ce n'est pas une œuvre convenable pour des lieux paisibles, disent-ils, c'est une offense au bonheur américain. » On est en 1863, la guerre de Sécession fait rage en Amérique, tuant plus de quatre cents hommes par jour. Les commissaires du parc tiennent bon et les opposants à l'œuvre finissent par se lasser.

Aujourd'hui, on peut toujours l'admirer : elle serait, dit-on, la plus ancienne sculpture et l'une des plus appréciées des parcs américains.

En 1966 je pénétrai pour la première fois, non dans Central Park, New York, mais dans *Botanischer Garten*, Metz, et, nullement préparé à ce qui allait fondre sur moi, je fus aussi, à l'instar des promeneurs new-yorkais d'antan, victime d'un choc.

Une émotion qui le reliait à une région crépusculaire de sa mémoire.

Combien de Messins et de Messines en 1871 firent leurs bagages ? On les avait forcés à opter pour un pays, un seul, et beaucoup étaient partis vivre « en France ». Nancy, on le sait, c'était la France. Lunéville, c'était la France. Même Pont-à-Mousson, c'était la France. Tandis que Metz, c'était l'Allemagne. Comme Strasbourg. Comme Dantzig. Comme Dresde. Comme Berlin. À Metz, une armée étrangère s'installait, prenait ses aises dans nos casernes et sur nos places, les noms des rues étaient changés, les fonctionnaires de la ville remplacés, nombre de maisons vidées et mises en vente. La plupart des industriels, des membres des professions libérales, des artistes comme des bourgeois, prirent la fuite. Révoqué par l'ennemi, Paul Bezanson, le premier magistrat de la ville, décrit une « ville morte ».

Jean, mon arrière-grand-père paternel, ne partit pas. N'était-il pas un bon patriote ? Son cœur ne battait-il pas pour la terre française ? Ne pensait-il pas que son avenir et celui de ses enfants l'attendaient de l'autre côté de cette frontière factice ? Comme il était originaire de l'est de la Moselle, il n'est pas impossible qu'il parlât allemand, mais était-il pour cela germanophile ? Kaiserophile ? Ou bien sont-ce ses ressources, son existence précaire, qui ne lui permirent pas de gagner la « France de l'intérieur » ? Jeune homme, je questionnai mon père sur ce chapitre familial et il s'enveloppa d'un silence dépité.

Parfois, je fais de drôles de rêves.

C'est le lever du jour. Une équipe lourdement outillée se présente devant le *Botanischer Garten*. Des hommes en combinaison orange émergent d'un pick-up, s'affairent sur les serrures, ouvrent le portail à battants et pénètrent dans l'espace arboré. Ils sont suivis par une excavatrice et une grue mobile fixée sur un camion. Le convoi parcourt quelques mètres dans l'allée principale où les gros pneus crénelés laissent leurs empreintes, puis oblique à droite et écrase la pelouse. Les véhicules s'immobilisent. Des hommes en descendent et se dirigent vers la sculpture munis d'outils. Des scies, une meuleuse, un coupe-boulons, des masses, un chalumeau. L'excavatrice se met à creuser autour du socle. Le groupe sculpté est renversé sur la pelouse. Les aigles sont disjoints du cerf. Plusieurs hommes attachent les rapaces en bronze avec des câbles et de grosses cordes, les soulèvent au moyen de la grue et les déposent sur le plateau du camion, que d'autres s'empressent de bâcher. Les véhicules redémarrent, manœuvrent dans la terre molle, sortent par le portail. Le camion, l'excavatrice et le pick-up roulent à présent sur une avenue, escortés par deux 4 × 4 de la police municipale. Lourds de leur butin, ils se dirigent vers le centre-ville. À un carrefour où gronde l'autoroute toute proche, des voitures se rangent devant les gyrophares. Le convoi coupe le boulevard et s'arrête au pied d'une des portes de la ville. La porte Serpenoise est monumentale. Avec ses trente mètres de hauteur, elle est le dernier vestige des anciens remparts de la cité médiévale, à l'époque du Saint-Empire romain germanique. À une autre époque, elle s'est appelée *Prinz Friedrich Karl Tor*. Les hommes en combinaison orange sont de nouveau au travail. Les aigles ont été libérés de leurs entraves, réceptionnés par une seconde équipe, et au moyen d'une grue de levage les voici hissés jusqu'au sommet du monument où des hommes s'en saisissent et les stabilisent. Soulevés et redressés, les rapaces sont ensuite boulonnés entre les échauguettes nord qui couronnent la porte. Ailes déployées, bec tranchant pointé en direction de la place de la République, de quoi sont-ils avides maintenant ? Que vont-ils lacérer dans nos rues ? Quelle partie de nous déchiquetteront-ils cette fois ? – puis je me réveille, mon tee-shirt moite collé aux omoplates et la respiration haletante.

*

Mon frère, le jour où je lui ai appris par téléphone que mes recherches m'avaient conduit à découvrir l'existence de deux grands-oncles paternels, Émile et Charles, ancêtres dont nous ne savions rien mais que, par mon enquête, j'avais fait sortir du néant, avant qu'ils n'y retournent d'ailleurs car j'avais aussi découvert que l'un et l'autre avaient été tués au cours de la Grande Guerre – Émile en novembre 1914 dans un village à côté de Nancy, Charles en septembre 1915, pas très loin de Riga, en Lettonie, en ayant combattu sous des uniformes différents –, mon frère, dis-je, m'a répondu que la seule chose qui comptait à ses yeux n'était pas que je déterre des grands-oncles oubliés (lesquels ne lui avaient jamais manqué, et pour cause), que leurs fantômes pouvaient donc continuer à errer, mais que je tente, a-t-il précisé, de « faire revivre les pensées, les paroles et les sentiments de notre grand-père François quand il était allemand ». « Ça me paraît capital », a-t-il ajouté. J'en fus surpris. Que voulait-il dire exactement ?

Même s'il a lu tous mes livres, et même s'il m'arrive de lui offrir un roman, espérant qu'il en tire du plaisir ou quelque bénéfice, mon frère, ce n'est pas lui faire injure que de le mentionner, n'est pas un grand lecteur. Ses goûts, ses études, sa profession l'ont éloigné de la chose littéraire. S'il trouve le temps de se plonger dans un livre, c'est pour égayer ses moments de liberté et être diverti (de ce point de vue, il n'a guère de chance avec moi qui en écris de peu divertissants). Aussi je m'étais figuré que lui apprendre l'existence de nos grands-oncles disparus aurait pour lui davantage de prix que le reste, or voici qu'indifférent à cette trouvaille, il m'avouait son intérêt pour la littérature et ses pouvoirs.

Quand il a fini l'un de mes livres, mon frère me dit parfois : « Si tu es content de ce que tu as fait, c'est le principal, et j'en suis heureux pour toi. » Ce qui est une idée assez généreuse, je crois, et de la littérature et de la fraternité.

Mon frère, ce jour-là au téléphone, n'a pas employé le mot « littérature » – terme qui lui est peu familier –, mais celui d'« écriture » – lequel, en son esprit, doit avoir un sens équivalent. Dans sa remarque sur notre grand-père, qui était, bien plus qu'une remarque, un souhait, perçait étonnamment une discrète théorie littéraire (et, par là même, je le concède, une idée fausse que je me faisais de mon frère) : la langue de la littérature est celle des morts.

5

Mes amis meusiens et moi nous enfonçons dans la forêt. De chaque côté de la route se dresse une tapisserie vert sombre de troncs lierreux et de feuillages dentelés. En me penchant, j'aperçois par un coin du pare-brise de longues traînes de nuages se disperser au-dessus de nos têtes. Depuis le lever du jour, le ciel s'est élargi. Sous une lumière d'un jaune blafard, des oiseaux y tracent des cercles lents et opiniâtres comme s'ils allaient piquer sur la voiture. Une torpeur semblable à celle qui nous surprend parfois en rêve enveloppe le pays tout entier.

Dans la forêt, je devine aussi ce que je ne vois pas : les animaux qui y vivent et les hommes qui y sont morts, les uns et les autres réunis dans l'épaisseur de la nature et du temps. Des sangliers fouillent la terre où des visages, jadis, étaient enfoncés. Un jeune cerf débouche d'une casemate rouillée.

Sur l'écorce de vieux hêtres, des corps se sont disséminés en tout petits morceaux et ont fini par se confondre avec les mousses et les lichens. Des centaines de cratères au fond desquels tant de vies ont été fauchées, il nous reste d'immenses timbales d'herbe.

Depuis le temps que mes amis meusiens et moi nous connaissons, je viens régulièrement, seul ou en famille, dans leur pays, à une heure en voiture de Metz. Passé Audun-le-Roman, j'aime conduire dans cette plaine où, pour être franc, j'ai, ces dernières années, rarement pensé à la guerre.

J'ai beau venir régulièrement, il m'arrive encore de commettre des détours, non par envie de déchiffrer une stèle au milieu d'un cimetière ou de m'arrêter dans une petite chapelle, mais parce que le paysage, au long des mois de l'année, change beaucoup plus qu'il ne change en ville. Et la Meuse a d'abord été pour moi un paysage : des champs à perte de vue, des forêts au gibier furtif, terrain de nombreuses chasses, des routes peu fréquentées, un égrènement de villages déserts, des étangs pas plus grands que des mares, d'autres, grandioses, aux barques caressant les pontons. Une myriade de couleurs : vert des nénuphars paressant sur l'eau ; marron, clair ou foncé, des frais labours et des poinçons en V sur le bitume après le passage, un soir de pluie, d'une machine agricole ; jaune des blés et du colza, gris-jaune ou gris fer des maisons trapues, des églises, des écoles accoudées aux mairies ; pourpre et violet des feuillages, plumages roux, ardoise ou brun, mouchetés parfois de noir des rapaces stationnant dans le ciel, gris lui aussi. Un gris qui n'a rien de sinistre, que je trouve même aimable sous les nuages frottés au crayon, dans un air tantôt frais, tantôt tiède, qui me souffle au visage. Et l'ivresse me gagne face au vide.

Ce territoire, hier en fureur, aujourd'hui silencieux, est celui de mes amis. Sans eux, il est certain que je ne viendrai pas ou peu ici. Notre lien m'y attache. Indéfectiblement même, car il est peu probable, depuis plus de vingt ans que nous l'avons noué dans ce tableau aux détails émouvants (mes amis meusiens sont moins enclins que moi à effectuer le trajet inverse jusqu'à Metz, et c'est très bien ainsi), que j'épuiserai un jour cet attachement et ce pays. Ainsi la Meuse est-elle notre amitié.

Mais ce dimanche j'éprouve une inquiétude.

Pour commencer, je ne connais pas cette route qui s'en va vers Verdun. Nous sommes en novembre, des flocons de neige dansotent autour de nous, forêt et villages entrent peu à peu dans l'hiver. Me seront-ils un jour familiers ? Le temps des apprentissages de l'enfance est fini. En vivant, nous prenons une forme, nous devenons cette forme, et celle-ci, avec les années, s'affirme dans la façon qu'elle a de voir ce qui l'entoure, ce qu'elle traverse. Ce monde, mes amis meusiens le sentent autrement que moi. Je m'en rends compte en leur compagnie. Cela ne me chagrine pas, au contraire, c'est un sentiment presque doux. Nous pénétrons dans une forêt qui n'est pas la même pour tous.

Il y a six mois, quelques jours après l'élection présidentielle, je les ai appelés au téléphone. En survolant dans un journal les résultats complets du scrutin, j'avais relevé, dans un coin de page, cette brève : « Si vingt-six communes en France ont accordé dimanche la totalité de leurs suffrages au nouveau président, deux communes de l'Est ont voté à 100 % pour la candidate d'extrême droite. » D'un certain côté, il n'était pas ahurissant qu'une candidate parvenue au second tour de l'élection majeure d'une nation composée de trente-six mille communes, obtînt, même largement battue, 100 % des suffrages dans au moins deux d'entre elles : cela ne représentait qu'une bizarrerie sur dix-huit mille. Ce n'était même pas une bizarrerie, du reste ; cela s'expliquait rationnellement par la statistique, les écarts négatifs, les valeurs extrêmes. Mais, d'un autre côté, ces exceptions avaient eu lieu l'une et l'autre dans l'Est (et non dans le Nord ou dans le Sud-Est, comme on eût pu aussi s'y attendre) ; ce qui, à mes yeux, les rendait encore plus saillantes, c'est que les villages qui s'étaient distingués se situaient chez nous.

Je n'ai pas mis longtemps à retrouver la carte. Elle dépassait d'une des piles de livres et de dossiers que supporte dans mon bureau une table en demi-lune poussée contre le mur. Il y a là maints travaux en cours, dont l'achèvement n'est pas pour demain. Je l'ai libérée du poids qui l'écrasait, l'ai dépliée afin de l'examiner. « Les cartes sont des cimetières de l'histoire », ai-je lu un jour quelque part. Si le premier des villages se trouvait au sud de Metz, le second, dans la Meuse, était à une dizaine de kilomètres de la maison de mes amis. Un lieu nommé Ornes, qui ne m'a rien évoqué du tout. M'en avaient-ils déjà parlé ? Sur internet, j'ai découvert ceci : « Bien qu'elle comporte quelques maisons et garde une poignée d'habitants permanents, Ornes est une commune classée morte pour la France. »

Hier, c'est tard que je me suis endormi dans la chambre qu'ils m'avaient préparée. Elle est réservée à leurs hôtes pour qui il serait imprudent de reprendre la route après un dîner mémorable. Mais hier, de toute façon, il n'était pas question que je retourne à Metz. À table, nous avions dévoré un coq entier en lui témoignant notre affection. « Hommage au coq ! » lancions-nous en riant. Les vins étaient profonds et jurassiens. Dehors la nuit semblait calme, le froid humide, l'atmosphère vaporeuse. Une fois couché, j'ai parcouru quelques pages d'un livre déposé à côté du lit : *Chasses aux loups et autres chasses en Basse-Bretagne*, par le révérend Davies. Des chasses au XIXe siècle. Au milieu d'un chapitre, le révérend raconte un réveil matinal dans un hôtel d'une bourgade reculée. « Avant que nous n'entrions dans la forêt, on nous sert, écrit-il, des côtelettes de mouton, d'épaisses omelettes et du café bouillant. » Souvenirs parfumés qui m'ont accompagné jusque dans mon sommeil. Au matin, les cloches de l'église ont sonné 7 heures comme si elles étaient dans la chambre. La nuit avait été brève. Je me suis levé, douché, rasé, j'ai enfilé des vêtements chauds, lacé mes chaussures de marche, empoigné mon appareil photo ainsi que mon carnet, puis descendu les escaliers jusqu'à la pièce aux baies vitrées où m'attendait le petit déjeuner, sans omelette ni côtelettes.

L'encaissement de la maison de mes amis lui donne une évidence. L'impression familière qu'elle a toujours été là. Bâtie à la sortie nord de leur village après une déclivité du terrain, elle est assise dans un creux avec cette allure trapue et inébranlable des anciennes habitations paysannes et un agrément soigné dont devaient manquer les premiers hommes qui y vécurent. Dans la cuisine, mon ami coupait d'épaisses tranches de pain qu'il introduisait dans un toasteur. Il y avait du thé, du miel, du beurre sur la table en poirier. Ce dimanche, il ne fallait pas sortir le ventre vide.

Ce que j'allais trouver à Ornes, je l'ignorais, mais quand, en avril dernier, j'avais téléphoné à mes amis pour les interroger sur le village mort, ils m'avaient répondu : « Si tu veux voir à quoi ressemble Ornes, il faut venir en novembre. À la Saint-Hubert. »

Depuis hier soir s'est insinuée en moi l'idée que ce ne sera pas une incursion sans conséquences. La voiture dans laquelle nous avançons, je la conduis avec une prudence de cerf, un œil braqué sur le rétroviseur. Il n'y a jamais grand monde sur ces routes de campagne, vous avalez parfois des kilomètres sans croiser une seule âme, et puis, d'un coup, surgissent les roues énormes d'un tracteur, assez lent pour vous ranger sur le bas-côté. Le paysage, ombré par les grands arbres qui nous entourent, se penche au-dessus de nos têtes. Il se penche, nous caresse, nous emmitonne, jusqu'à ce que nous soyons rattrapés par des mastodontes équipés de pare-buffles.

Enfant, aux beaux jours, il m'arrivait de faire une

promenade en famille dans un bois qui grimpe au-dessus de Lorry. Le début de la promenade longeait le mur du cimetière derrière lequel reposent nos aïeux, mais je ne me souviens pas d'y être entré souvent. Peut-être même ai-je cru, une partie de mon enfance, que les vivants étaient proscrits sur le territoire des morts. La promenade du « Coucou », l'appelions-nous, du nom d'un ruisseau qu'il nous fallait franchir plus loin. La première moitié du trajet s'achevait (avant la descente par un autre chemin, puis le retour final au parking de l'église) lorsque, après une heure de marche, nous débouchions sur un plateau. Un immense espace, formidablement vide, désertique, balayé par le vent, qu'enjambait à l'horizon une procession de pylônes. Une fois là-haut, je pouvais craindre d'être englouti. Comme ce matin, sous la voûte des grands arbres où s'enfonce notre route. Les Allemands possèdent un mot pour désigner ces contrées sauvages, reculées et rugueuses : *Hinterland*. Mais ceux venus, il y a cent ans, combattre et mourir dans ce pays de Meuse, pourquoi l'auraient-ils nommé *Hinterland* ? La sauvagerie, subie ou commise, était d'une autre nature.

*

Quand nous descendons de voiture à Ornes, tout est vert. Les rideaux de pins, la mousse des troncs, la fourrure d'herbe sur le sol au relief défoncé ; les carrosseries des véhicules 4 × 4 – selon des nuances allant du clair prairie au sombre épinard – garés des deux côtés de la route qui débouche sur les ruines du village ; les vêtements de chasse aussi, de coupes et de textures diverses, dans des verts plus ou moins soutenus (excepté les hideuses parkas orange feu des traqueurs). Des groupes, majoritairement masculins, marchent dans la même direction que nous, entre des files de véhicules aux flancs larges et boueux. Tournant la tête, je remarque alors les chiens – une foule de chiens en laisse : nivernais, cockers anglais, braques, beagles, épagneuls, drahthaars…

Si je connaissais déjà les messes pour les morts, celles pour les saints, pour la Vierge, pour les malades, les réfugiés, les disparus en mer, c'est ma première pour les chiens. Elle a lieu dans les décombres de l'ancienne église d'Ornes. Le prêtre, un homme noir et dodu, originaire, ai-je appris, du Togo, implore l'intercession de saint Hubert sur « les animaux que le Tout-Puissant a créés sur cette terre ». Une terre humaine au relief de stigmates. Derrière un autel de fortune dressé sur un rectangle d'herbe délimitant une nef fantôme à l'atmosphère de mausolée – un mausolée mondial sanctifié par les arbres –, il effectue des gestes grandiloquents et assez gauches en pérorant devant les animaux en cercle autour de lui.

Chacun de ses laïus, il les débute par « Honorables membres de l'équipage… » (sans prononcer les r). Un peu à l'écart, je l'observe dans sa chasuble d'un vert différent – émeraude – de celui des vestes de chasse – bouteille, kaki, sauge – ou des lodens – loden – dans quoi se sont emmitouflés les maîtres des canidés qui hurlent en tirant sur leur laisse.

Il est maintenant 9 heures, les flocons de neige ont fondu et le prêtre poursuit ses implorations en se déplaçant avec de petits pas menus sur le terrain accidenté. « Honorables membres de l'équipage des cors de chasse, reprend-il, nous bénissons les chiens qui s'en iront servir dans ces forêts leurs bons chasseurs de maîtres en servant aussi notre Maître à tous. » Je le vois puiser dans un tonnelet chromé une eau qu'il asperge sur la gueule des bêtes dont certaines lui montrent les crocs. Les hommes en vert les retiennent tant bien que mal, tandis que d'autres, derrière, en redingote bleu roi, soufflent dans des trompes rutilantes. Ça chante, ça corne, ça beugle et ça glapit, et comme la cérémonie touche à sa fin, le prêtre invite chaque fidèle à serrer la main de son voisin en lui souhaitant la paix. La formule, dont je n'entends que des bribes à cause des hululements des chiens et des éclats des cors, s'achève par *in terra pax* (la paix sur terre), après quoi le prêtre renvoie l'assistance à ses œuvres (lesquelles consisteront ce dimanche, comme les précédents, à commettre quantité de massacres).

C'est alors qu'à trente mètres de moi je reconnais, galopant entre les arbres, Claude Simon à cheval.

*

Ceux qui me connaissent peuvent en témoigner : je suis du genre sceptique. Les phénomènes que d'autres qualifient de « surnaturels », j'ai pour habitude de ne leur accorder aucun crédit, aucune place, même minime, dans mon existence.

Depuis le début des années 2000, le nom de « Claude Simon » (je ne crois pas avoir une seule fois employé simplement « Simon ») incarne pour moi – j'aimerais autant éviter les grands mots – le modèle du héros littéraire, bien qu'il me fût révélé sur le tard. Le premier livre que j'ai acheté de lui est *L'Acacia*. C'était à sa parution, à l'automne 1989. Je venais d'avoir trente ans et sortais de plusieurs expériences sérielles comme en pratiquent les cyclistes qui enchaînent les cols : la lecture ininterrompue de l'œuvre complète d'un écrivain allemand, puis d'un autrichien, puis d'un tchèque. Sans doute y avait-il dans cette manie née à l'adolescence (je m'étais dès l'âge de quinze ans lancé dans l'œuvre intégrale de quelques écrivains américains) une signification primitive, l'écho lointain de rites d'initiation. Seulement, avec Claude Simon, il en fut autrement. *L'Acacia*, je ne l'ai pas ouvert tout de suite. Longtemps il est demeuré sur mon bureau, puis au pied de mon lit, avant d'être rangé dans la bibliothèque. Pour autant je ne l'oubliais pas, je sentais combien il serait un livre capital, mais j'attendais le moment favorable pour le lire. Il arrive qu'un livre vous hante sans que vous sachiez pourquoi. Un jour, enfin, je l'ai délivré de son mystère, l'ai lu dans une sorte de fièvre, l'ai relu plusieurs fois. Après cela, j'ai lu d'autres livres de Claude Simon – à peu près tous, je crois – mais aucun ne remue en moi comme *L'Acacia*.

Quand j'ai vu Claude Simon à cheval – *et je l'ai vu*, je n'en doute pas –, cela faisait douze ans qu'il était mort.

Comme pour tous ceux qui me sont chers, ses dates s'affichent en ma mémoire :

Claude Simon, écrivain français,
né le 10 octobre 1913 à Tananarive (Madagascar),
mort le 6 juillet 2005 à Paris.

Mais ce n'est pas son fantôme que j'ai vu. Ce n'est pas non plus le Claude Simon de quatre-vingt-onze ans – je suppose que l'année de sa mort l'homme agile et robuste qu'il avait été ne montait plus à cheval. Non, c'est un Claude Simon jeune, musclé, fringant, solide sur ses jambes et appliqué dans la maîtrise de sa monture. Sa silhouette penchée de cavalier se détachait sur la draperie des arbres. Il m'est apparu aussi distinctement que la photographie qui m'avait fasciné deux mois auparavant dans l'édition d'un de ses récits de jeunesse.

Selon toute vraisemblance, la vision qui m'est venue à Ornes et me trouble encore aujourd'hui possédait les caractéristiques de ce que des psychologues appellent une « hallucination simple ». Son mécanisme s'explique sans recourir au surnaturel (ni non plus à la paranoïa ou aux psychotropes). D'après ces spécialistes et un article que j'avais déniché dans un vieux numéro de *Cerveau & Psycho*, de telles hallucinations s'expliquent par une erreur. Des informations reçues en notre cerveau sont traitées de façon incorrecte. Ainsi l'image de cette photographie réelle et physique découverte dans un livre s'était-elle déposée en moi pour se transformer en une image mentale ; ensuite, ce dimanche à Ornes, il y avait eu autour de ma personne assez d'éléments stimulants – la forêt proche, le décor de verdure, les sonneurs aux bottes cavalières, la sonorité perçante de leurs trompes et l'aboiement des chiens – pour en ranimer le souvenir ; enfin, pour une raison obscure (probablement mon état émotif), mon cerveau avait commis une confusion en rapportant l'image de Claude Simon à cheval, non à l'activité de ma mémoire, mais à celle de ma perception. Mon image mentale s'était substituée à la réalité physique. C'était à la fois étrange et aisé à comprendre, comme un tour de passe-passe.

Sauf que la littérature n'a pas grand-chose à voir avec la psychologie de magazine.

Chaque nouvelle lecture que j'ai faite de *L'Acacia*, loin d'adoucir les sensations de la première, les a creusées davantage, avec cette impression désormais que la réinvention par Claude Simon du passé de son père (*L'Acacia* est d'abord pour moi le « Livre du père ») – un père qu'il n'a pour ainsi dire jamais connu, tué qu'il fut dès le début de la Grande Guerre quand le petit Claude n'avait encore que dix mois –, cette réinvention géniale et admirable, me ramène à mes propres recherches. À mon grand-père François. À mes grands-oncles disparus. Ainsi ma propre enquête provient-elle aussi de ce roman, comme si, dans le récit prodigieux que Claude Simon tresse avec *L'Acacia*, ce récit qui m'envoûte depuis presque vingt ans, j'avais vu passer mes propres fantômes.

J'en sais par cœur les premières lignes :

> Elles allaient d'un village à l'autre, et dans chacun (ou du moins ce qu'il en restait) d'une maison à l'autre, parfois une ferme en plein champ qu'on leur indiquait, qu'elles gagnaient en se tordant les pieds dans les mauvais chemins, leurs chaussures de ville souillées d'une boue jaune…

« Elles », c'est-à-dire Suzanne Simon, la veuve du capitaine Louis Simon, accompagnée d'Eugénie et d'Artémise Simon, deux des sœurs de l'officier tué. La première partie du roman s'intitule « 1919 », et ces trois femmes sont bel et bien venues à la fin de l'été 1919 dans le « pays » où leur mari et frère a, le 27 août 1914, perdu la vie à cause d'une balle allemande.

J'ai lu ces jours-ci les lettres que Suzanne Simon a adressées entre juin et juillet 1914 à sa sœur Jeanne Carcassonne, qui occupait à ce moment-là l'hôtel particulier familial à Perpignan. J'imaginais déjà les confidences de cette femme de trente-six ans, épouse d'un officier de l'armée française, alourdies par l'inquiétude du danger imminent. Si la catastrophe annoncée devait avoir lieu, son mari, qui n'avait pas encore quarante ans, serait envoyé au front et séparé d'elle, lui laissant un enfant à peine né et l'angoisse de tout perdre. Or c'est l'inverse que j'ai découvert. Le contenu de cette correspondance est à l'image de son ton : léger, presque badin, insouciant du cataclysme qui vient. Dans chacun des courriers de Suzanne, il est d'abord question du temps (variable et plutôt maussade dans le Jura dont elle se plaint ; largement ensoleillé à Perpignan où Jeanne et les siens, depuis leur domaine d'été du Mas des Aloès, profitent les fins de semaine de la plage, ce qu'elle leur envie), du projet aussi, plusieurs fois reporté, qu'elle et son époux Louis effectuent le long voyage en train pour rejoindre le reste de la famille en Roussillon, et surtout de la santé du petit Claude, âgé de neuf mois, objet constant des préoccupations de sa mère qui parle de lui comme d'un être frêle, ceci expliquant sans doute que, malgré l'appel du soleil, le couple ne se décide pas à partir, se cantonnant à une forme d'oisiveté au fond de cette sauvage, pluvieuse et froide reculée des Planches, cadre du village natal de Louis où l'ont accueilli, après son retour début juin de Madagascar, ses sœurs dévouées.

À Madagascar, Louis Simon dirigeait les écoles de Tananarive. S'agissait-il d'une tâche strictement administrative ou comprenait-elle aussi des heures d'enseignement ? D'après son livret militaire, Louis était un bon pédagogue. Jeune officier, il avait dispensé à l'école d'infanterie de Saint-Maixent des cours de mathématiques et d'équitation, et personne ne s'en était plaint. Au contraire, cela satisfaisait tout le monde. D'un tempérament fier, ombrageux même, il lui était plus confortable de former des élèves dociles et conquis d'avance que de se frotter à une autorité qu'il ne goûtait guère. Notre capitaine n'avait pas l'esprit militaire. Et à Tananarive ce sont probablement de jeunes Français qu'on lui confia, des enfants de colons, nés en France ou aux colonies, des Blancs, non des « teintés », comme l'on disait alors. Il avait déjà connu Madagascar dix ans auparavant et certains se rappelaient que ses rapports avec les indigènes n'étaient pas très amènes.

Si Suzanne ne semblait pas s'intéresser, en cet été 1914, aux mauvaises nouvelles du monde, c'est elle pourtant, cinq ans plus tard, qui fera cet invraisemblable voyage depuis le Jura familial vers le royaume des ombres, ce voyage si peu à la hauteur de son rang dans un miséreux pays de ruines et de gens jugés frustes, au seul dessein de retrouver la tombe de son Louis. Quête insensée, nul besoin de l'imaginer, il suffit de savoir que la moitié des hommes tués dans cette guerre n'ont pas de tombe à leur nom. D'autant plus insensée que la mère entraîna aussi dans cette marche vers la mort l'enfant unique du mort : le petit Claude, qui n'avait même pas six ans.

Elles et *il* allaient donc, et c'est à partir de ses souvenirs d'enfant effrayé que Claude Simon va entamer (à l'âge de soixante-dix ans) le récit halluciné de la recherche d'une tombe, d'une pierre gravée, de quelque chose. La première partie de *L'Acacia* se lit en effet comme une hallucination : la vision d'un écrivain en lieu et place de la mémoire.

« Elles allaient d'un village à l'autre… » D'un village meusien à l'autre, car c'est en Meuse que nous sommes.

Dès le début du roman, il y a ces maigres indices recueillis par Suzanne :

> « Cet homme parlait d'un bois de Jaulnay. Mais ça peut être Gaulnay. Ou Goulnoy. Demandez-leur s'ils savent où… », puis déjà debout, ajustant déjà sur sa tête la toque noire…

C'est Jaulnay. Le bois, ou plutôt la forêt de Jaulnay, existe bel et bien. Claude Simon adulte le vérifiera auprès du Service historique de l'armée de terre ; puis la biographe de l'écrivain l'attestera en 2011 : « le combat de Jaulnay, le 27 août, au cours duquel Louis meurt d'une balle en plein front assis au pied d'un arbre où, blessé, ses hommes l'ont transporté et d'où il a continué à donner ses ordres jusqu'à la fin » ; enfin, mes amis meusiens le confirmeront, m'apprenant que ladite forêt n'est pas très loin de chez eux. Je nous revois, un dimanche, dans leur maison baignée de lumière, cherchant ensemble cette émouvante zone verte sur une carte IGN dépliée sur la table. Mon cavalier n'avait pas surgi au hasard dans le village mort.

*

La forêt de Jaulnay s'étend à une cinquantaine de kilomètres au nord-ouest d'Ornes, et Claude Simon, qui a fait son service militaire entre 1934 et 1935 au 31e régiment de dragons de Lunéville, période durant laquelle il a monté des juments aux noms tendres de Limande et Marquise, un régiment qu'il a rejoint de nouveau le 27 août 1939 (soit vingt-cinq ans jour pour jour après la mort de son père) après avoir reçu l'ordre de mobilisation générale pour aller se battre dans une autre guerre, non plus à Jaulnay comme son père, mais sur la frontière belge, en bordure de Meuse, Claude Simon, dis-je, dont le régiment fut pris pour cible le 11 mai 1940 par l'aviation allemande (avions contre chevaux), puis le lendemain par l'infanterie allemande (automitrailleuses contre chevaux), puis les jours suivants, toujours seuls à cheval sans cuirasse ni protection (excepté leurs sabres), c'est-à-dire seuls et nus, encore une fois par force blindés et avions allemands, jusqu'aux 16 et 17 mai suivants et l'anéantissement total de ce régiment d'un autre âge, Claude Simon est à l'évidence un survivant.

Plus d'un commentateur aura même parlé de « miracle » à propos de la guerre qu'il a faite.

Que ce jeune homme de vingt-six ans soit resté en vie alors que la plupart de ses camarades et officiers du 31ᵉ régiment de dragons ont été massacrés au cours de ces journées de mai 1940, c'est vrai et c'est extraordinaire – c'est un miracle –, mais on peut aussi penser que Claude Simon ne pouvait pas mourir car son père était déjà mort. La même guerre (la seconde étant en un sens la répétition de la première) ne pouvait tuer à la fois le père et le fils. D'autant que le père était mort pour que vive le fils. Qu'il vive pour raconter sa mort. La mort du capitaine Louis Simon.

Survivre (à une bataille, à une guerre, à la mort), ce n'est pas vivre moins ou en moins, c'est vivre plus ou en plus.

Un autre dimanche, après la Saint-Hubert, j'ai marché dans les bois de Meuse. L'air était capiteux des phrases de Claude Simon. Étais-je seul ou avec mes amis ? Je me souviens du brouillard humide, des branches craquant sous mes pas, de cris brefs et lointains, de mouvements fugaces, d'une lueur dans la brume.

Pas plus que Suzanne Simon, je n'y ai trouvé la tombe de Louis Simon. En revanche, j'ai senti que c'est ici, comme autour de Verdun, de Douaumont, d'Azannes, de Gremilly ou de Dun-sur-Meuse, dans ce pays perdu de villages morts, qu'est né « Claude Simon », l'auteur de *L'Acacia*, prix Nobel de littérature.

Pour nombre d'écrivains, le lieu de naissance n'est pas celui de l'état civil. S'il faut le voir comme un lieu de fondation, je suis certain que c'est ici, dans la forêt de Jaulnay, que « Claude Simon » est né.

Du moins le pensai-je ce dimanche de novembre quand il m'apparut à cheval, galopant dans le temps, sur les traces de son père.

Parfois, je rêve d'une conversation avec François à son sujet :

– Faire est l'un des verbes qu'il préférait. Tu as forcément lu cela : *faire une table*, *faire l'amour*, *faire des affaires*, *faire venir une récolte*, *faire la guerre*, *faire un livre...* Faire le plus intensément possible.

– Même si, c'est curieux, il n'a jamais fait d'enfant. En tout cas, aucun qu'il ait officiellement reconnu, qui porterait son nom. Ça ne te surprend pas ?

– S'il n'a pas fait d'enfant, n'est-ce pas pour être éternellement un fils ?

Galopant dans le temps, sur les traces de son père.

*

À quoi nous oblige une vie, une fois qu'elle est finie ?

Voyage en autobus, à pied ou en taxi. On s'incline sur une tombe. Un signe de croix et des murmures. Prières, serments, regrets, parfois griefs. On imagine le corps aimé devenu inerte, soulevé par des gaillards aux uniformes sales. Silence. Plus un coup de feu. Des fumées seulement et le bruit des brodequins sur les feuilles. C'est le repos du soir. La chair trouée. Derrière le visage gris, un monde s'en est allé. Puis la terre retournée, creusée, tassée. Les os blanchis. Une gamelle rouillée. Il n'y a pas d'épitaphe « né en telle année, mort en telle autre », rien qu'une indication vague ou le besoin avide (car il faut bien que les vivants vivent) qui force à dire : « C'est là ! » Les pensées retournent au passé. Vertige, larmes et prières. Des cris sans voix et le temps pétrifié. L'avenir des morts est inconcevable. D'où les griefs et les serments. Et pourtant il n'y a rien de plus vrai car tout commence aussi avec la mort.

Je reviens maintenant aux miens, à mes grands-oncles disparus, à mon grand-père François. Mais les avais-je vraiment quittés ?

Le 16 septembre 1915, Charles Etgen, le plus jeune des sacrifiés, meurt à l'âge de vingt ans à Sēlpils, en Lettonie ; le 28 octobre de cette même année, François Bonvier, un camarade âgé de vingt-trois ans, s'éteint à l'hôpital d'Omelno, en Ukraine ; le 27 février 1916, c'est Alfred Bonvier, vingt-sept ans et possiblement frère du précédent, qui perd la vie à Grodno, en Biélorussie ; et le 26 juin 1916, c'est Louis Premont, un autre camarade, qui succombe à ses blessures à l'hôpital de Na Niwak. Na Niwak ? Quelque part dans l'immense Empire russe où se trouvaient aussi, avant que guerres et révolutions ne fassent valdinguer les frontières, Grodno, Omelno et Sēlpils. Na Niwak signifie « sur les champs ». L'hôpital portait-il réellement ce nom ou était-ce celui de la localité ? Ou bien Louis Premont a-t-il été blessé au combat, avant que la mort ne l'emporte sous une tente d'infortune plantée « sur les champs » ?

Ces jeunes hommes, Charles, François, Alfred et Louis, sont tous les quatre nés à Lorry, le village de mes aïeux, et tous les quatre disparus en Russie, et tous les quatre ont leur nom gravé sur le monument aux morts du village. Comme Pierre Bettinger, d'âge inconnu, qui meurt dans un endroit perdu en Russie ; Édouard Geny, qui périt à l'âge de trente-huit ans à Zaczdrocz, en Pologne ; Paul Ruzié, qui trépasse l'année de ses vingt ans à Garleaska, en Roumanie ; et Albert Schneider et Charles Pancré, disparus également en Russie.

En 1914, la plupart des Mosellans nés allemands et en âge de combattre sont expédiés sur le front de l'Est. Les autorités militaires prussiennes veulent éviter une « fraternisation » avec les poilus français. Sur quatre cent mille hommes mobilisés, cinquante mille sont « tués à l'ennemi », trente mille faits prisonniers (la plupart d'entre eux en Russie, sans espoir de retour). Mais des Mosellans sont aussi expédiés en Meuse, en Argonne, dans la Somme et les Flandres.

Parmi eux, il y a mon grand-père. Est-ce parce qu'il est infirmier et que la *Deutsches Heer* pressent déjà les saignées ?

Comme dans tout le territoire annexé, la majorité des jeunes Loriots (le nom des habitants de Lorry) enrôlés dans l'armée allemande ont été envoyés sur le front oriental. Un seul, Émile-Henri Boudeaud, parce qu'il est un « Français de l'intérieur », est allé rejoindre en août 1914, dans le Maine-et-Loire, un régiment d'infanterie de l'armée française : c'est le premier grand-oncle que j'ai retrouvé. Lui qui avait épousé Jeanne, la sœur aînée de François. Jeanne, une femme

« allemande » ; Émile-Henri, mon grand-oncle « français », croix de guerre, tué à l'ennemi le 5 novembre 1914, à l'âge de vingt-neuf ans. Retrouvé puis perdu.

Les frontières sont des lames cruelles, de grandes haches au cœur des familles.

L'autre grand-oncle « posthume », Charles Etgen, le jeune frère de la fiancée de François, avait dix-neuf ans en 1914. C'est par lui que François aura connu sa femme. En ce temps-là, dans les campagnes, garçons et filles ne se mêlaient pas spontanément ; il fallait de bonnes raisons pour s'adresser à une demoiselle. Or Charles et François étaient amis. De vrais amis.

Cette amitié, personne ne m'en aura parlé, c'est moi qui aujourd'hui la reconstitue, formant l'hypothèse qu'elle a survécu pour une part à la guerre et à la destruction, même si le tourbillon de l'histoire m'empêche de la décrire concrètement. Comment imaginer ce que fut pour François, Charles et Émile-Henri leur époque, ce qu'on leur laissa de jeunesse ?

Je pense à la boîte aux lettres du tunnel, celle de la rue des Loges. Le patronyme « Etgen » qui y figurait, qui me troubla quand je le vis la première fois, en septembre 1966. Etgen, c'était le nom de jeune fille de ma grand-mère paternelle, l'épouse de François, mais c'était aussi celui de Charles, son frère d'à peine vingt ans qui ne revint jamais de Lettonie. Était-ce une manière pour mon grand-père de porter son chagrin que de garder sur sa boîte aux lettres ce nom qui n'était pas le sien, même après la mort de sa femme ? Non pas le chagrin pour celle morte de maladie (ou de désillusion), mais celui pour Charles, l'ami, le seul « frère » qu'il ait jamais eu ? Comme par substitution affective.

Ainsi ce ne serait pas chez une morte que François se serait choisi un nouveau nom mais chez un mort qui portait le même nom que cette morte : Etgen.

Pour Charles Etgen, ma récolte est longtemps restée médiocre. Les seules traces du passé que j'avais réunies étaient les nom et prénom gravés sur le monument aux morts de son village, avec en frontispice « 1914-1918 LORRY-LÈS-METZ À SES ENFANTS ». Il est le neuvième nom en partant du haut. Il n'avait pas d'autre sépulture, du moins pas de sépulture connue, dûment répertoriée.

C'est en consultant les archives départementales de la Moselle que j'ai réussi à mettre la main sur un document numérisé qui m'apprit qu'il était officiellement mort le 16 septembre 1915 dans une localité de l'ancien empire russe, Selburg, qui s'appelle aujourd'hui Sēlpils, en Lettonie. Mais c'est à peu près tout.

Aussi je me suis demandé si François, le François de chair et de sang que j'ai connu en 1966, n'avait pas été, en empruntant (volontairement ou non) son patronyme, une sorte de sépulture pour ce jeune homme sans. Cette idée excentrique n'est pas née en 1966 dans la tête de l'enfant que j'étais, j'ai eu besoin d'un demi-siècle pour la rejoindre, en me projetant cette fois au-delà de la vie de François, au-delà de sa mort aussi.

Et puis, grâce à une archiviste du « *Volksbund – Gemeinsam für den Frieden* », commission nationale pour l'entretien des cimetières militaires allemands, j'ai recueilli d'autres indices (des suppositions plus que des certitudes). Suite à ma demande formulée début 2018, cette employée zélée m'a répondu par une lettre circonstanciée, en date du 16 janvier 2019. En voici la traduction :

Cher Monsieur,

Nous vous remercions pour votre lettre et vous prions de nous excuser, du fait d'un volume important de courrier, de n'y répondre que maintenant.

Nous ne disposons, à ce jour, d'aucune information concernant le membre de votre famille précité. Pendant la Seconde Guerre mondiale, les archives de l'Office central des cimetières militaires, qui avait été en son temps chargé de collecter la documentation relative aux soldats allemands morts au combat lors de la Première Guerre mondiale, ont pour la plupart disparu, et seuls quelques départements des archives d'État ont pu en conserver des duplicatas.

Notre commission a toutefois été en mesure au fil des années, en s'appuyant sur des sources domestiques et étrangères, et suite au déploiement de ses propres services, de recueillir des informations complémentaires sur les soldats tombés au cours de la Première Guerre mondiale. Ces données concernent toutefois essentiellement le théâtre des opérations à l'Ouest. Pour ce qui est des opérations dans les territoires de l'Est, les renseignements obtenus sont des plus fragmentaires.

D'une liste des pertes enregistrées à la date du 8 novembre 1915, et entre-temps consultable en ligne, il ressort cependant que :

Karl Etgen, originaire de Lorry-lès-Metz, est mort au combat.

Il servait dans la 3e compagnie du 18e régiment d'infanterie de réserve, unité qui dépendait de la 1re division de réserve. Il ressort également du panthéon établi par une association inventoriant les troupes qui ont combattu lors de la Première Guerre mondiale que cette division a été déployée en septembre 1915 et qu'elle a pris part à la bataille livrée devant Dünaburg. Les documents en notre possession font état des pertes subies par le 18e RIR et des soldats morts au combat et enterrés dans la région d'Eizkraukle. Nous n'excluons pas que votre parent ait trouvé la mort à Selburg [Sēlpils], mais nous n'avons pu recueillir aucune preuve concernant l'endroit où il aurait été inhumé.

Pour ce qui est de la localité de Selburg, certains indices laissent penser que les lieux de sépulture remontant à la Première Guerre mondiale sont au nombre de trois : Selburg-Aisup, Selburg-Forstei et Selburg-Grette.

Pour sauver de l'oubli le nom de votre parent, nous avons mentionné ses dates de naissance et de mort dans le Livre commémoratif des combattants tombés en Lettonie. Et nous pouvons vous faire parvenir l'extrait correspondant de ce Livre de mémoire.

Ainsi n'étais-je plus seul à vouloir sauver de l'oubli mes aïeux disparus et les ramener à la maison.

*

Avant de recevoir la lettre du *Volksbund*, j'avais plusieurs fois pensé me rendre en Lettonie. J'avais pris contact avec Nicolas, l'ami d'un ami, qui parle le letton, a pour compagne une Lettone et a vécu et travaillé à Riga pour le compte de l'institution européenne qui l'emploie. Il me répondit avec enthousiasme, me confiant qu'il s'était lui-même lancé sur la piste d'un grand-père de sa compagne, qui avait combattu, au cours de la Première Guerre mondiale, dans l'armée russe, mais que ses recherches n'avaient pu aboutir. « J'ai cependant accumulé une bonne bibliothèque sur la période, et si je peux t'aider ce sera avec grand plaisir. » Il ajouta : « Sauf publication récente qui m'aurait échappé, ce front de l'Est tellement décisif restait, il y a peu, un point quasi aveugle de la bibliographie surabondante en français sur 14-18. Tu pourras toutefois très utilement prendre contact avec G., qui est pour ainsi dire le seul historien français solide sur le sujet et la période – même s'il a assez peu publié. Il lit l'allemand et le russe, et peut naviguer dans les langues baltes. Il sait beaucoup de choses, partage de bon cœur, et sa qualité de conservateur de la bibliothèque universitaire de S. fait de lui un excellent guide entre les livres. » Enfin, il me livra une intuition qui me fit réfléchir : « Il n'est pas impossible que ton ancêtre ait pris part à cette course invraisemblable de l'hiver 14 et du printemps 15 lorsque l'armée allemande en déroute se refait à Tannenberg et prend en chasse l'armée russe à travers la Prusse orientale, la Lituanie et la Pologne, avant de se figer face à la Daugava, sur une ligne qui passe par Sēlpils… »

Je remerciai vivement Nicolas, lui promis de le tenir informé du progrès de mes recherches et, si besoin, de le solliciter à nouveau si je décidais de me rendre à Sēlpils. N'avait-il pas évoqué dans son courriel une résidence d'auteur à Ventspils, petite ville lettone au bord de la Baltique, me suggérant de m'y porter candidat ? Et je crus comprendre qu'en le faisant, j'avais toutes les chances d'être retenu. Pourtant je n'allai pas dans cette direction. Comme je ne donnai pas non plus suite à la proposition d'aide d'un ancien lieutenant-colonel de l'armée française, un certain D., avec qui j'étais également entré en contact grâce à internet. D. avait été en poste dans la région de Riga au cours des années 2000 et, aujourd'hui à la retraite, il tenait un blog sur l'histoire de la Lettonie, tout en retournant là-bas de temps à autre pour y faire des conférences sur le rôle des officiers français dans l'indépendance du pays en 1919. C'est D. le premier qui, avant la réponse du *Volksbund*, m'avait parlé des « trois cimetières allemands de Sēlpils », me précisant que, d'après lui, deux cent dix soldats y reposaient, avec leur nom en épitaphe. Je le remerciai lui aussi pour son aide, mais, de mon côté, je n'effectuai plus aucune démarche.

En somme, tout se passait comme si je m'étais dépensé durant des mois dans le but de retrouver une personne chère qui avait disparu depuis des lustres, que j'avais fini par l'apercevoir au détour d'une rue, puis avais commencé par la suivre sans me faire remarquer, avant de me laisser distancer, avec une curieuse sensation d'allègement quand je l'avais vue s'éloigner, peut-être même disparaître pour toujours.

Mais l'ai-je vraiment laissée me distancer ? Tout compte fait, le courrier du *Volksbund* ne m'indiquait aucune piste sérieuse.

Et puis, quelle vérité poursuivais-je ? En reprenant l'expression de Nicolas, ma ligne passait-elle par Sēlpils ?

Finalement, n'est-ce pas pour en apprendre davantage sur mon grand-père François que je me suis intéressé à mon grand-oncle Charles ?

Lorsque, en 2015, j'ai été indigné par le projet d'hôtel du designer, c'est à François que j'ai pensé, pas à Charles, dont j'ignorais alors l'existence. Et même, cinq ans auparavant, quand, au moment du colloque sur les catastrophes, j'ai cité Kundera à propos de la mort des nations, c'est encore le nom de François, et non celui de Charles, qui a frappé mon esprit. Et si le nom de Charles, les quelques bribes que j'ai réunies de sa courte vie, m'ont un temps préoccupé, n'est-ce pas parce que mes recherches sur mon grand-père paternel me donnaient l'impression de piétiner ? Quand je tourne mes yeux vers le passé du monde, c'est mon enfance qui me répond.

Jamais je n'oublierai les promenades du jeudi avec mon grand-père, ni la statue des aigles du jardin botanique ;

toujours je me souviendrai de son visage, de ses mains déformées par l'arthrose, de son polo gris, de sa canne d'acajou à tête de perroquet, de ses silences, de son logement si malcommode dans le tunnel et de sa réclusion ; sans fin je me questionnerai sur ses relations avec mon père et mon oncle Jack ; longtemps je bâtirai des hypothèses sur cette affaire non résolue.

Car les différents fils ne se relient pas.

Il me reste encore une chose à faire.

*

Je ne me souviens plus vraiment quand ni en quels termes j'ai su que François, à la différence de ses camarades expédiés à l'Est, avait fait la guerre en qualité d'infirmier allemand à Vauquois, village de Meuse et lieu d'une bataille ô combien dantesque qui se déroula pendant trois ans en partie sous terre. Je ne m'en souviens plus mais je suis certain que c'est la seule chose un peu précise qu'il m'aura confiée sur sa guerre.

Un jeudi, un siècle en arrière.

Dès l'aube, les fusées d'obus sifflent et nous réveillent en sursaut. J'entends le bruit des explosions, je vois des nuages d'épaisse fumée noire perforer la brume. Des éclairs. Les animaux terrestres sont invisibles. Seul, un chevreuil éperdu court en zigzags, comme s'il ne reconnaissait plus rien. Les Français lancent sur notre front deux attaques successives mais nos hommes dispersent les assaillants en leur infligeant de lourdes pertes. Plusieurs combattants ennemis sont calcinés à quelques mètres de nous. Tout à l'heure, les hommes se sont mis à plat ventre, traqués par ce qui s'abattait du ciel et tonnait sur leurs têtes. J'ai vu leur sueur glacée, leurs yeux brûlés, aveugles. Plusieurs étaient touchés par des éclats d'acier, leurs joues ou leurs jambes déchiquetées. J'ai entendu des hurlements, l'écho d'intestins qui se vident.

La main de mon ami meusien s'est posée sur mon bras.

Un siècle en arrière, la campagne où nous marchons était soumise chaque jour à des feux d'artillerie.

Mon ami, comme une photographie qu'il retoucherait, me dit :

– Ici, avant que le pays ne soit arrosé d'obus, c'étaient des champs. Des arbres, il n'y en avait que sur les pentes les plus raides du plateau. Mais tout autour les gens vivaient parmi les champs.

Na Niwak.

– C'est seulement à partir du petit bois que tu vois là-bas qu'on pénétrait dans la forêt.

Des champs. Des villages aussi. Jamais la Meuse n'avait été aussi peuplée. Un homme qui sortait le matin de sa maison, cigarette aux lèvres, pouvait porter le regard très loin avant de buter sur les coteaux ; le village dans son dos s'étirait, la grand-rue murmurait, fredonnait, les cochons grognaient, les chiens reniflaient, les chevaux piaffaient ou tournaient en rond.

Jadis les localités s'étendaient sur des kilomètres. Elles pouvaient compter un millier d'habitants, comporter plusieurs fermes et de nombreux commerces, disposer de moulins et d'une distillerie, d'ateliers de tissage et autres artisanats. Tout cela désormais rendu aux ruines et aux fantômes. Quand la guerre prit fin, les terres étaient effroyablement saccagées, ravinées de tranchées et de boyaux, pilonnées jusqu'à l'os. Des millions d'obus s'étaient écrasés sur le secteur, et combien n'avaient pas explosé ? Le sol et le sous-sol souillés par le mercure, le plomb, le fer ; les arbres mitraillés ; la putréfaction de milliers de cadavres, humains et animaux, empêchait toute reprise de culture. *Zone rouge*, décréta le ministère des Régions libérées. Des travailleurs italiens, polonais, même chinois vinrent nettoyer ici ; cependant, devant l'horreur de la tâche (quand ils ne sautaient pas sur une mine, les types marchaient dans la charpie des corps), on prit la décision de replanter des arbres, arguant que ce serait une manière digne de consacrer les anciennes lignes de front, où des millions de vies avaient été détruites, en un lieu de mémoire. Quinze mille hectares reboisés. Une immense chambre verte.

Noires pourtant sont les forêts où nous nous enfonçons.

C'est que, pour obtenir un couvert végétal, on a préféré planter des pins. Le pin, il faut dire, prenait bien ; ses racines descendaient profondément dans le sol devenu friable ; son tronc montait vite, sa ramure se déployait, c'était une renaissance. Les charmes d'antan remplacés par des milliers de pins noirs.

– Des pins que nous avons failli acheter aux Allemands, me dit mon ami. L'entreprise européenne de reboisement la plus réputée était berlinoise, mais comme elle demandait beaucoup trop cher, des Alsaciens les ont fournis pour un prix moindre.

Et puis, récemment, on a commencé à déplanter les pins pour remettre des feuillus. Les feuillus sont ici chez eux. L'a-t-on oublié ? Nous venons des arbres, et même si nous ne les voyons plus comme des individus vivants (à peine comme les détails d'un paysage), c'est d'eux, de l'oiseau qui y niche, du lièvre qui gîte sous un tapis de feuilles, qu'émane d'abord le sentiment de la vie, entre les cimetières innombrables.

Je n'étais pas retourné en Meuse depuis deux ans, depuis la messe aux chiens et l'apparition de Claude Simon. Néanmoins je sens qu'un jour j'irai vivre là-bas. Bientôt, ma femme et moi nous mettrons à la recherche d'une grande maison de village, une maison en bois ou en pierre à proximité d'un étang, nous quitterons la ville devenue cynique, et, près d'arbres bienveillants, nous y habiterons pour toujours. La Meuse ne sera plus alors un pays du passé mais un nouveau monde, un monde de l'avenir, fût-il court.

En attendant, certains feux mal éteints couvent encore en moi.

Il faut que j'aille à Vauquois à présent, entre Meuse et Argonne, sur la butte où mon grand-père avait servi comme infirmier.

Sous la butte. Je connais seulement les lieux par les souvenirs du lieutenant français Pézard, dont les carnets tenus entre l'hiver 1915 et l'automne 1916, à l'endroit même de la bataille, m'accompagnent depuis des jours.

Vauquois, c'est à l'origine un village sur une butte. Mairie, église, école, maisons furent construites sur l'élévation d'un terrain. Ce village-promontoire à trois cents mètres d'altitude dans le massif de l'Argonne regarde loin vers Verdun, position stratégique pour régler les canons, notamment les tirs d'obus jusqu'à la voie ferrée qui depuis Paris ravitaillait le front de Meuse. Fin septembre 1914, les Allemands s'emparèrent de la butte, puis les Français la reconquirent, puis ils la reperdirent, et tout recommença. C'est toujours la même histoire, des rivières de sang pour un bout de terrain, sauf que, cette fois, cela se passait sous terre. Des galeries creusées sous les lignes ennemies. Non pas à la pelle-pioche, mais avec des machines idoines et des outils provenant de l'industrie minière. Excavatrices, treuils géants, tuyaux de ventilation, jusqu'à l'installation de circuits électriques.

On y fit ensuite exploser des mines. À travers les galeries, dans les deux camps, pour se faire la guerre dans le ventre de la butte. En sautant, elles pulvérisaient les hommes. Plus de cinq cents explosions souterraines en trois ans. Volcans en feu des deux côtés, et ce jusqu'à l'automne 1918 et l'offensive du corps expéditionnaire américain qui écrasa, dit-on, les derniers officiers de la garde impériale allemande.

Après chaque explosion, les brancardiers couraient chercher dans les galeries ce qu'ils pouvaient : des morts rarement entiers, des monceaux de blessés. Les infirmiers les prenaient en charge pas très loin des galeries, dans la fange et le sang. La même horreur de part et d'autre.

François, je l'ai dit, était infirmier à Verdun, et, à l'été 1915, on l'affecta à un poste de secours à Vauquois. Les galeries (les tunnels) n'en finissaient plus de produire leur content de cadavres, d'estropiés.

Après la guerre, le jeune rescapé français Pézard reprendra ses études à l'École normale supérieure, passera l'agrégation d'italien, soutiendra plus tard une thèse d'État sur Dante, qu'il intitulera « Dante sous la pluie de feu ». Il y réinterprète la première partie de *La Divine Comédie*, « l'Enfer ».

Ses trois premiers tercets :

> Au milieu du chemin de notre vie
> je me trouvais par une selve obscure
> et vis perdue la droiturière voie.
> Ha, comme à la décrire est dure chose,
> cette forêt sauvage et âpre et forte,
> qui, en pensant, renouvelle ma peur !
> Amère est tant, que mort n'est guère plus ;
> mais pour traiter du bien que j'y trouvai,
> telles choses dirai que j'y aies vues.

À Vauquois, où je suis arrivé hier, que dire de la butte ? Sinon reprendre les mots de Dante et de Pézard. « Ha, comme à la décrire est dure chose… qui, en pensant, renouvelle ma peur ! »

Je marche sous une pluie battante. L'eau me dégouline sur le front, mes vêtements sont trempés, je grimpe jusqu'au sommet. Parmi les ruines de l'ancien village dévasté, mon regard étreint Verdun et mes souvenirs. Quelles étaient les pensées de mon si jeune grand-père infirmier ? « Nous ne nous rendions même pas compte, là-haut, écrit Pézard, de la cruauté qu'il y avait à accepter ainsi la mort des autres. »

C'est de cet enfer, j'en suis certain, que François a rapporté sa canne.

*

Un antiquaire, que j'ai consulté ces jours-ci à Paris, en lui décrivant la canne de François que personne n'a jamais retrouvée, est allé chercher dans un meuble vitrine le catalogue d'une vente mobilière qui a eu lieu, m'a-t-il dit, il y a quelques années à l'hôtel des ventes de Blois. Nous l'avons feuilleté ensemble. Le lot n° 252 est une canne qui ressemble à celle de mon grand-père. La description du lot tient en quelques lignes :

CANNE à fût en bois d'acajou, pommeau à tête de perroquet en lézard, yeux sulfure, bague en laiton. Long. : 86 cm. Origine probable : Nouvelle-Guinée allemande.

– Malheureusement cette canne a été vendue, monsieur. Si vous en recherchez une identique, je peux me renseigner auprès de confrères ou dans des maisons de vente. Ce n'est pas un objet très courant mais, de temps à autre, on en voit passer une.

J'ignore pourquoi mais j'ai préféré lui répondre que j'avais fait cette démarche pour un parent collectionneur et que je devais l'interroger avant de prendre une décision.

– Cette canne doit coûter cher.

– Si elle est dans un bel état, elle peut effectivement valoir un certain prix. Celle qui a été vendue à Blois appartenait, d'après mes informations, à un officier allemand. Une famille noble, je crois.

Est-ce un officier comme celui-ci, un officier peut-être de la garde impériale ayant séjourné naguère dans le Pacifique, aux îles Salomon du Nord où le drapeau allemand flottait encore en 1914, qui aurait acheté la canne à tête de perroquet là-bas et que mon grand-père aurait soigné à Vauquois après l'assaut américain ? Un homme d'une classe largement supérieure à la sienne. Un colonel (*Oberst*), un lieutenant-colonel (*Oberst-Leutnant*) ou un capitaine (*Hauptmann*), père de sa compagnie, qui aurait sympathisé avec ce petit caporal-chef sans fortune ni particule, cet infirmier mosellan qui nettoyait ses plaies, changeait ses pansements qu'il savait bien couper et ajuster, faisait ce qu'il pouvait pour calmer ses souffrances. Et l'officier de la garde impériale lui aurait offert sa canne, qui ne lui servirait plus.

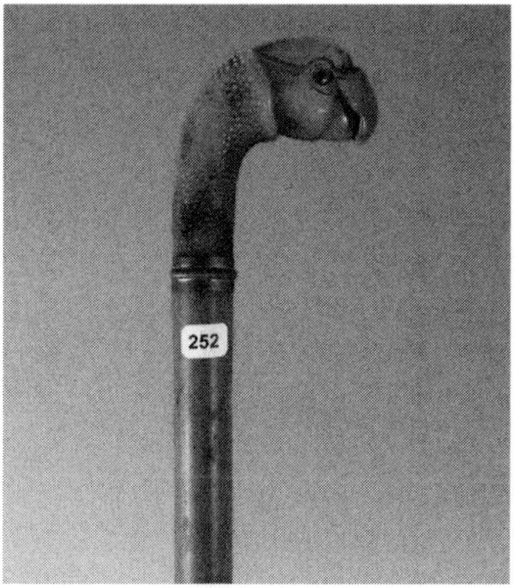

Une canne qui ressemble à celle de mon grand-père.

Je vois l'aristocrate de Prusse dans un château à l'allée centenaire de tilleuls et de châtaigniers, une allée parfumée les jours de grand vent d'odeurs marines provenant de la Baltique. Chaque année, pour son anniversaire, un orchestre de chambre venu spécialement de Berlin interprète Schubert dans le salon d'honneur.

Quelques minutes avant la fin, il marmonnait encore entre ses lèvres sèches :

Vorüber ! Ach, vorüber ! / Geh, wilder Knochenmann ! /

Va-t'en ! Ah ! Va-t'en ! / Disparais, horrible squelette...

Et le jeune tailleur lui avait fermé les yeux.

Songeait-il à son frère d'armes chaque fois qu'il prenait la canne pour marcher avec moi au jardin botanique ?

*

À Vauquois, la pluie forme des ruisseaux sur les pentes de la butte. Je marche sur un sol détrempé et boueux. Un écriteau de bois indique la position des régiments allemands mais nulle trace d'un poste de secours n'est visible. Seules quelques ouvertures çà et là dans le relief tourmenté rappellent d'anciennes galeries. Ici, face à moi, est-ce une cavité française ou allemande ? Sur quel monde souterrain ouvre-t-elle ? Mon imagination se heurte à un trou.

Je scrute au-delà de la lisière des grands arbres. Je me demande si tout à coup pourrait de nouveau surgir, portant son uniforme, mon cavalier de la Saint-Hubert, survivant des ténèbres pour écrire le Livre du père. Dans un coin, des troncs gris ont été récemment coupés et gisent sur le sol comme des soldats morts, des récits avortés. Je me souviens de moi, petit-fils, un jeudi au jardin botanique après une nuit de tempête. Comme d'habitude, mon grand-père m'y avait emmené pour aller voir les aigles. Les allées étaient couvertes de boue, de feuilles mortes, de détritus divers. De noires corneilles braillaient dans le clocher du temple. Des responsables du jardin n'avaient pas tardé à faire sortir les visiteurs car des hêtres menaçaient de s'abattre. Des employés municipaux évacuaient déjà de lourdes branches et criaient des paroles incompréhensibles quand nous avions fait demi-tour.

Ici, sur la butte, avec la pluie qui redouble de violence, les bruits finissent par se confondre. Les bruits de la terre comme ceux du ciel noirâtre, le bruit des voitures qui traversent le village rebâti tout en bas, celui du vent furieux à travers les feuillages, des vivants et des morts. Les corneilles, elles, maintenant se sont tues.

6

La chanson qui le poursuivra longtemps après son séjour à R. et dont, aujourd'hui encore, bien que plus de quarante ans soient passés, il lui est impossible d'entendre les premières notes grêles, doucement traînardes, jouées à la guitare, suivies des deux voix mêlées et suaves, sans qu'il pense aussitôt à Annegret et lui enlacés sur le canapé du salon, est *The Sound of Silence* :

Hello darkness, my old friend,
I've come to talk with you again.

Il lui suffit d'une manipulation sur son téléphone, et une vidéo, avec le petit brun placide et le grand frisé longiligne au regard extatique chantant une nuit à Central Park, New York, devant des dizaines de milliers de personnes frissonnantes d'émotion et de froid, surgit au creux de sa main et déclenche son souvenir. Cet après-midi-là, il était assis à une extrémité du canapé en velours marron, garni de coussins verts, qui meuble le salon des Zandstra. Annegret occupe l'autre bout, la tête inclinée, le menton enfoncé dans l'un des coussins qu'elle a plaqué sur son ventre, secouée de temps à autre par un léger hoquet, tandis que ses cheveux font un rideau sur son visage et que des larmes ont coulé sur ses joues. Elle a cessé de pleurer quand il est entré dans la pièce et s'est installé à deux mètres d'elle, avec entre les mains le roman américain qu'il était en train de lire, la regardant sans insistance, assez toutefois pour lui montrer son attention à ce qui avait eu lieu, à ce qu'il avait entendu depuis le lit de sa chambre, mais ne tentant rien alors, restant seulement assis, le livre sur les genoux, esquissant un sourire, compatissant, disponible, tout cela avec une délicatesse appuyée, fruit de son éducation et de sa naturelle pudeur, mais n'ayant en réalité qu'une idée en tête : embrasser cette fille.

Cela fait maintenant trois semaines qu'il remplit tout son temps avec les sœurs Zandstra, Annegret et Renate, elles et lui retrouvent quatre ou cinq garçons et filles, en général les mêmes, chaque après-midi dans la petite ville allemande, pour jouer au volley-ball ou nager à la piscine municipale, puis, le soir, pour écouter de la musique dans des cafés ou bien dans des appartements en ville où ils s'amusent comme des jeunes gens de leur âge, parlent, dansent et fument en buvant de la bière et des alcools forts assez infects. L'été est devenu tout à coup si léger. Cette étonnante intimité, inimaginable avant son départ, est un nouveau chapitre de sa vie, le plus vivant et le plus excitant de son existence de jeune homme, comme s'il se sentait différent tout en n'ayant jamais été aussi proche de lui-même. Un jour, il s'aperçoit qu'il ne pense plus à son pays, à ses amis demeurés là-bas, à sa famille qu'il a quittée. Tout est arrivé subitement, comme si un phénomène atmosphérique l'avait envahi, dont il constate les effets chaque jour, dans sa chambre, sur l'image souriante, un peu floue, que lui renvoie le miroir au-dessus du lavabo.

Cet été 1976, il a seize ans, pas tout à fait dix-sept, il vient de terminer son année de première et ses parents ont décidé de l'expédier deux mois durant dans une bourgade de Rhénanie. Aux yeux de son père, c'est « la seule solution » pour le « mettre au travail », qu'il maîtrise enfin l'allemand qu'il n'a cessé de négliger. « Éloigné d'ici, tu n'auras plus le choix, il faudra bien que tu t'acclimates. » Il songe à ces animaux capturés dans leur milieu naturel et jetés dans des zoos, à un réel lointain, abstrait, qui le rebute déjà, qu'il prévoit de détester. Son père, considérant comme une « faute » qu'il ait « échoué au bout de six ans » dans l'apprentissage d'une langue que « même ta mère parle mieux que toi », lui a assené sa volonté avec une dureté déplacée. Ses notes se sont en effet effondrées en allemand et l'examen du bac approche, mais, s'il ne doute pas un instant d'obtenir le diplôme grâce à ses facilités ailleurs, son père n'en a cure et s'obstine à lui dire qu'il est « vital » de parler l'allemand en raison de leur situation frontalière (le parler pour trouver un emploi – quel genre d'emploi ? – dans une entreprise allemande ou qui travaille avec l'Allemagne est un argument qu'il a aussi entendu de ses professeurs, désireux de survivre face à l'anglais hégémonique) ; et puis, si l'on est un bon garçon, on étudie aussi pour ses parents, ajoute son père, surtout « quand quelqu'un comme moi s'inquiète autant pour toi ». C'est donc pour expier sa faute qu'il va devoir s'exiler là-bas, y sacrifier tout son été. Le soir où ils lui annoncent leur décision, ses parents l'ont fait venir dans le salon après le journal télévisé. Par l'intermédiaire d'une obscure association de fraternité entre les peuples, son père est entré en contact avec une famille allemande disposée à le loger. C'est tout ce qu'il saura. Retourné dans sa chambre, ayant localisé, non sans peine, la petite ville de R. dans son atlas, il voit la chose comme une sanction, proteste les jours suivants, mais son père se montre inflexible, balaie ses objections sans même les écouter. Aussi finit-il par se résigner, maudissant les idées stupides de son père et l'acquiescement curieusement docile de sa mère.

Quand, le mois suivant, il débarque à R. (voyage en train depuis Metz jusqu'à Bonn via Karlsruhe, puis dans l'Opel familiale des Zandstra venus le chercher à la gare), il ne tarde pas à comprendre qu'il est l'unique Français à séjourner là. Aucun autre lycéen n'a été transplanté comme lui, aucune structure éducative n'existe pour l'accueillir, aucun cours de langue dispensé dans le *Gymnasium* de la ville, aucune activité sportive prévue les après-midi, ni visite programmée de Cologne, la grande ville voisine pilonnée au cours de la guerre et que le pays a depuis bravement reconstruite. Qui plus est, Herr et Frau Zandstra sont affairés toute la semaine. Lui exerce la profession de contremaître dans une usine chimique, elle est puéricultrice à la maternité de Sankt Augustin, un bourg voisin. Ils partent tôt, ne rentrent pas déjeuner, travaillent aussi le samedi, et, chaque dimanche, s'en vont à bord de leur voiture s'occuper de leurs parents qui vivent à Eindhoven, à deux cents kilomètres de là. S'il les croise certains matins en émergeant de sa chambre, leur *Lunchpaket* sous le bras (*Guten Morgen*… – *Hallo*…), il est souvent absent quand ils rentrent le soir. Légalement responsables de lui, ils ne lui accordent pas d'attention particulière. Ce n'est pas seulement qu'il est livré à lui-même dans une localité sans intérêt, c'est que les parents Zandstra sont originaires (ce que son père ignorait et que les Zandstra se sont bien gardés de lui dire) de l'est des Pays-Bas. Ainsi l'allemand qu'ils parlent est-il mâtiné de dialecte bas-saxon avec des prononciations bizarres et de sensibles variantes grammaticales que lui-même est capable de sentir. C'est ce qu'il écrit à ses parents après son arrivée. Il leur raconte aussi le temps qu'il fait, la nourriture rustique qu'il mange et les après-midi passés à la piscine.

Ce qu'il ne raconte pas, c'est que, chaque jour, en se réveillant dans la petite maison de la Turmstraße – longue rue rectiligne bordée de tilleuls dans le quartier des écoles –, ses premières pensées depuis son lit à l'armature de fer sont pour les deux sœurs. Renate, la brune, a vingt-trois ans ; Annegret, la blonde, dix-neuf. Bien que sœurs, elles ne présentent pas de grandes ressemblances, hormis leur silhouette, mince et élancée, leurs yeux d'un bleu qui tire vers le gris, leurs coiffures joyeusement provocantes, et ce désir immédiat qu'à la gare de Bonn, quand elles l'ont accueilli sur le quai, elles ont suscité chez lui. Herr Zandstra, en homme robuste, ouvrait ce jour-là la marche et portait seul sa malle, tandis que Frau Zandstra lui débitait des platitudes ; leurs filles les suivaient en riant. Il ne comprenait pas la cause de leurs rires, fallait-il y voir de l'ironie, des facéties entre elles ? En vérité, il ne comprend pas grand-chose aux filles. Au lycée, il hésite à les aborder ; ce n'est pas l'envie qui lui manque, mais il les croit inaccessibles. Si, à la cafétéria, une fille s'assoit à sa table, il se contente de l'observer. Et quand celle-ci donne l'impression de s'intéresser à lui, une confusion l'encombre, il se sent désarmé, tel un exilé du désir. Mais l'exil parfois se change en joie. Le voici cet été livré à des beautés inouïes, dans une ville étrangère où personne ne le connaît.

Quand l'Opel s'immobilise devant la maison de la Turmstraße, Frau Zandstra le guide jusqu'à la chambre laissée par leur fils aîné qui travaille à Hambourg. Les murs sont tapissés de posters de chanteurs androgynes et de motos carénées. Deux heures plus tard, il a déballé sa malle et avalé le dîner de bienvenue. Puis Renate et Annegret l'entraînent, toujours en riant, dans les rues de la ville. Il fait encore jour ce soir d'été, mais pour remarquer les bâtiments, les quelques curiosités de la bourgade, il faudrait qu'il fixe son attention, marque des pauses, or il est déjà pris par la vitesse de cette saison allemande. Une fois franchie l'entrée du premier bar, il plonge dans une pénombre d'obscurité et de fumée, distingue au comptoir des jeunes gens frénétiques. Il y a là surtout des garçons, dont l'un à queue-de-cheval. Un juke-box dans un coin déverse la mélodie nerveuse d'*Una paloma blanca*. « *It's a new day / It's a new way.* » Ce n'est pas seulement un nouveau présent, c'est comme si son passé s'était évaporé. Les soirées à R. se suivent et se ressemblent : ils rient, fument, dansent, boivent de l'alcool, puis rentrent après minuit, parfois titubant et riant encore, jusqu'à la Turmstraße. Les jours passant, il sent qu'Annegret l'attire davantage. Est-ce parce que son âge est plus proche du sien ? Parce qu'elle est plus disponible que sa sœur, qui travaille deux jours par semaine dans une boutique d'articles de sport ? Ou parce qu'il découvre chez elle autant de fragments adorables (lèvres charnues, pommettes saillantes, bras nus, hanches étroites, longues jambes, coiffure échevelée, petite poitrine, défiance du regard) de ses déités féminines de l'époque : Patti Smith photographiée par Mapplethorpe sur la pochette de *Horses*, la Jane Birkin de *Melody Nelson*. Annegret en est une synthèse rêvée. Elle fréquente un dénommé Andreas; en fait, elle sort avec ce garçon. Un jeune homme plus âgé, plus viril, plus costaud que lui, militant dans un parti de gauche, mais avec lequel, un soir, elle se dispute dans l'appartement d'un certain Dieter où la soirée se termine en visionnant des films super-8. Des films muets ou en couleurs qui tressautent dans le ronflement du projecteur : vacances au bord de la Baltique, fêtes joyeuses et désordonnées, courses de voitures sur une route de campagne, quand, sans prévenir, s'intercalent de brèves saynètes pornographiques. Dans le salon, ils sont sept ou huit, le disque de Simon et Garfunkel passe en boucle, *Mrs. Robinson*, *The Sound of Silence*, *I'm a Rock*, *Bridge Over Troubled Water*, *Cecilia*, plusieurs d'entre eux sont allongés en travers du tapis, la tête posée sur un coussin, d'autres avachis sur le divan. Ils boivent du schnaps dans de petits verres en cristal jaune décorés de grappes, grillent à la chaîne des Atika achetées dans un distributeur, une odeur de cannabis flotte dans la pièce aux rideaux tirés. Les films pornographiques sont les premiers qu'il voit. Images pauvres, situations ridicules, acteurs hasardeux (un dépanneur en salopette arrive chez une femme seule pour lui réparer son lave-linge, une jeune fille à couettes et jupe plissée prend sa première leçon de tennis avec un moniteur velu), mais ils ont l'aura de l'interdit. Puis Andreas se fâche contre Dieter. Dans ses propos reviennent des mots comme *Prostitution* et *Proletariat*, *Ausbeutung* et *Sklaverei*, qu'il cherchera plus tard dans le dictionnaire, même s'il devine les raisons de sa colère : les filles qui jouent dans ces films appartiennent, dit Andreas, à la classe ouvrière et sont contraintes à ces humiliations pour se nourrir et payer leurs études. Le mode de production capitaliste, dit-il encore, les ravale au statut de marchandises, et le bourgeois qui achète et regarde ces films exploite la classe ouvrière. S'ensuit un silence gêné, des objections qui prennent la forme d'une dispute, après quoi Annegret se lève pour défendre Dieter, reprochant à Andreas de gâcher la soirée. Andreas répond quelque chose qu'il ne comprend pas, avant de ramasser son blouson et de quitter l'appartement. Le lendemain, chez les Zandstra, tandis qu'il lit, seul, étendu sur son lit, *Les Clochards célestes*, Andreas vient sonner à la porte et Annegret le fait entrer. Depuis sa chambre, il reconnaît la voix grave du garçon. La conversation s'engage sur un ton calme, avec des phrases hachées, des silences, c'est surtout Andreas qui parle. Puis, comme la nuit d'avant, Annegret se met à crier jusqu'à ce qu'Andreas s'en aille. Si Renate a des cheveux marron-noir « taillés au sécateur », Annegret arbore la coiffure de Patti dans un blond acajou clair, qui encadre son visage encore juvénile. Il aime comme elle danse et rit ; le jour où il l'a vue pour la première fois jouer au volley-ball, il a senti chez elle une ardeur qui l'a subjugué, la même ardeur qui anime leurs discussions, cette manière qu'elle a de sortir brusquement d'un endroit pour entrer dans un autre, sa perspicacité, ses emportements, sa gaieté. Au fond, tout ce qui est susceptible de l'effrayer chez une fille l'attire passionnément chez elle. Son rire à son arrivée devant le poids de sa malle. Voilà sans doute pourquoi elle riait. Quel spécimen de Français leur avait-on envoyé ? Son sourire amusé, complice, quand ils vont dans les lieux interlopes de R. C'est pourquoi, après qu'elle a mis Andreas à la porte, il sort de sa chambre. Il a encore en tête la musique de la veille, *The Sound of Silence*. Après s'être déplacé sur le canapé, il se penche vers elle, enveloppe son doux visage au creux de ses paumes, lui dit quelques mots dans cette langue qu'il maltraite, et, l'instant d'après, ses pieds sont nus et posés à plat contre l'accoudoir du canapé, elle et lui allongés, fébriles, empressés, les bras finement musclés de la jeune Allemande passés derrière son dos, son débardeur remonté au-dessus de ses seins, et le goût de sa langue dans sa bouche.

*

Cet adolescent, c'est moi, et c'est ma première façon de raconter l'histoire. La seconde est celle-ci : souvent, l'adolescent que nous avons été nous apparaît, une fois adulte, idiot. Pas seulement idiot, mais « idiot » est juste, je crois, pour qualifier cet âge-là : idiotement agité, idiotement prétentieux, idiotement sentimental. S'il nous arrive de dialoguer encore avec l'enfant que nous étions et, parfois même, de nous reconnaître dans un rêve ou un souvenir de ce temps-là, nous préférons oublier cet être de seize ou dix-sept ans « monté en graine » qui, pour rompre avec son enfance, s'est mis d'un coup à ruer au hasard, sans savoir vraiment ce qu'il aimait, ce qu'il cherchait et désirait, sinon peut-être une nouvelle occupation de l'espace et du temps. Devenir adulte, c'est moins se détacher de l'enfance que de cette période inféconde et baroque qu'est notre adolescence, pendant laquelle nous assistons, passifs, à des changements de notre moi qui nous surprennent, nous enthousiasment, avant de nous décevoir. Quand nous tombons, des décennies plus tard, sur des photographies de cette époque, est-ce agréable de nous y retrouver ? Coiffure et accoutrement que nous avions oubliés, quelque chose de bizarre dans la pose et le regard, entre déhanchement et nonchalance, légère provocation et vacuité. Comme il est étrange de nous voir alors, de repenser aussi à notre premier amour. Et, en même temps, le souvenir de ces années-là contient une atmosphère solaire qui nous réchauffe encore. La traversée de R. la nuit, sous l'éclairage des réverbères, jusqu'au portail de la maison de la Turmstraße. Les chansons un peu niaises de l'été et le pincement chaque fois que je les entends. Les verres d'eau-de-vie et l'odeur des tilleuls. Les livres de Kerouac empilés sur la table de chevet du grand-frère exilé à Hambourg – je me rappelle un mauvais rêve où je les avais laissés là-bas. Un soir, le téléphone avait sonné, c'était ma mère qui s'inquiétait de ne pas avoir reçu de nouvelles depuis ma première lettre. Annegret décrocha et répondit que tout allait bien. *Alles is gut.*

Après notre étreinte sur le canapé, Andreas ne revint pas dans le cercle que nous formions et je ne le croisai pas non plus en ville. Si, le soir, nous continuions à sortir avec la petite bande, les séances de piscine et de volley-ball, l'après-midi, s'étaient espacées. Nous restions à la maison, la fenêtre de la chambre d'Annegret entrouverte, dans l'odeur entêtante des tilleuls, la lumière sur nos corps enlacés dans la pénombre tiède. Je nous y entends encore respirer.

Trois semaines après mon retour en France arriva d'Allemagne une enveloppe brune avec pour seul contenu des photos en couleurs. J'y figurais en jean blanc, T-shirt jaune à l'effigie de Jim Morrison, tennis noires – mon uniforme de l'époque. Sur l'une de ces images, Annegret apparaissait, telle que je l'avais vue là-bas : souriante, les bras nus, les cheveux acajou, un peu plus grande que moi ; souriante et en même temps distante. Les photos étaient posées sur mon bureau, dans ma maison en France, Annegret était demeurée là-bas, *in Deutschland*. J'ignore ce que ces photos sont devenues. Je les ai cachées à mes parents, à mes amis, à mon frère, finalement à moi-même.

Si j'y ai parfois pensé, je n'ai jamais répondu à leur envoi. Ni le jour même, ni un autre jour. Il m'est difficile, quarante ans après, de déchiffrer le sens de ce silence et de mon inaction. Il est probable que mon amour s'était terni, qu'en retournant dans mon foyer, même si mon moi était changé, j'avais repris mes habitudes d'avant, comme j'imaginais qu'après mon départ Andreas avait retrouvé auprès d'Annegret la place qui était la sienne et que les photos sans lettre pour les accompagner signaient la fin de notre histoire. Ou peut-être avais-je pensé que la frontière et la langue qui nous séparaient l'un et l'autre barraient le plus petit avenir commun possible ? Aucune de ces explications ne me convient parce que la suite de mon histoire raconte exactement le contraire.

Avant Annegret, quand j'avais quinze ou seize ans, qu'est-ce que représentait pour moi l'Allemagne ? Une langue dans laquelle je m'embrouillais, une équipe nationale de football, des groupes musicaux, Tangerine Dream, Can, Kraftwerk (« *Wir fahren, fahren, fahren auf der Autobahn* »), un pays mystérieux et tragique ; enfant, j'avais lu les contes des frères Grimm et, plus tard, *Le Loup des steppes*. C'est tout. Mais c'est la littérature qui a ensuite occupé toute la place. Dès mon entrée en terminale, je me suis passionné pour les auteurs de langue allemande : Thomas Mann, Hölderlin, Walter Benjamin, Paul Celan, Ernst Jünger, Heinrich Böll, Hermann Hesse et Kafka. Une beauté forte m'emportait, je ne savais pas où elle m'emmenait, qui je deviendrais, mais je sentais que ces lectures me transformaient, me façonnaient, et me détournaient aussi d'un futur emploi dans une entreprise allemande ou travaillant avec l'Allemagne, tel que le voulait mon père.

Aujourd'hui j'ai retrouvé une phrase de Botho Strauss : « N'a-t-on pas, depuis son enfance, ressenti voluptueusement la lecture comme une *influence*, et n'a-t-on pas placé les livres dans sa vie pour, au moins, ne pas être coupé de cet influx ? »

La volupté des livres, la volupté de la vie.

Quand, après mon bac, j'ai annoncé à mon père que je ne ferais pas de droit, ni de sciences économiques, que je ne m'inscrirais sûrement pas en médecine ni ne tenterais jamais d'entrer dans une école de commerce, mais que j'étudierais les lettres et la philosophie pour pouvoir, qui sait, les enseigner plus tard et peut-être même écrire un jour, il m'a regardé comme si j'étais un étranger. L'étranger qui venait de lire un récit de Peter Handke sur le suicide de sa mère, appris par cœur des poèmes de Celan dans *La Rose de personne*, consacré un été à *La Montagne magique*. Le séjour au sanatorium de Davos, narré dans son rabâchage étincelant et ses moindres détails, est aussi interminable pour celui qui en prend connaissance dans le roman de Thomas Mann que pour ses pensionnaires, mais tout s'achèvera, au propre comme au figuré, avec l'éclatement de la Grande Guerre. Le destin de Hans Castorp venu de Hambourg jusqu'à ce petit monde en altitude pour rendre visite à son cousin malade, et ne sachant plus ce qu'il désire : rester ou bien partir ? Et que faire de sa vie ? Son cœur est vide, et c'est toute l'Europe qui va bientôt tomber malade, et lui sera envoyé au front. Ce jour-là, j'ai eu l'impression que c'était mon père qui allait tomber malade, ou que j'étais en train de le rendre malade en m'attachant à des réalités qu'il ne pouvait comprendre. « Et c'est ainsi que, dans la mêlée, dans la pluie, dans le crépuscule, écrit Thomas Mann, nous le perdons de vue. »

*

Je n'ai jamais pensé être tailleur. Les deux activités que j'exerce, enseigner, écrire, je les ai choisies après mon retour d'Allemagne en découvrant qu'elles répondaient à la poursuite de mon désir. Lire, d'abord, pour dessiller ma vue, intensifier le réel, augmenter mon savoir, mon plaisir (ma douleur aussi), pour devenir celui que je serais et, quelques années plus tard, partager avec des adolescents, que les mutations du monde semblent aujourd'hui éloigner de plus en plus de moi, des textes et des idées capables de les influencer et d'orienter un tant soit peu leur vie. Si ce désir est une chimère, j'ai néanmoins avec ces jeunes gens le sentiment de commencer chaque fois quelque chose de nouveau, ce qui peut définir la liberté. Une liberté qui serait imparfaite si, en outre, je n'écrivais pas.

Ceci : à l'automne 1967, je ne retournai plus chez mon grand-père. Ma mère, sur l'insistance de mon père, avait obtenu de l'architecte qui l'employait de travailler à temps partiel et s'en trouvait plus disponible pour moi. Les soirs de classe, je restais à l'étude, et, chaque jeudi après-midi, retrouvais la fenêtre de ma chambre, mon carnet à dessin, le square du Luxembourg. Reproduire les décors des vitrines ou même faire de la luge ne me tenait plus comme avant. J'attendais avec impatience le moment de revoir mon grand-père. On me dit qu'il avait pris froid, était tombé malade, que me garder chez lui l'aurait davantage affaibli. J'en éprouvai de la tristesse, de l'incompréhension aussi, n'ayant jamais pensé que je puisse être une charge, et si je fis encore quelques dessins, c'était dans l'espoir que ma mère les lui apportât, qu'il en tirât un réconfort. Les reçut-il au moins ? Il fallut un lundi de Pâques – peut-être était-ce déjà l'année 1969 – pour le retrouver parmi nous. Mais il était avec mon père, mon oncle Jack, mon jeune frère et ma mère, la famille se trouvait réunie et je ne sus rien faire d'autre qu'être le garçon sage qu'on attendait de moi, assis à un coin de table dans la grande salle du restaurant, finissant en silence son assiette.

J'ai lu chez Thomas Bernhard que « les grands-pères sont les maîtres, les véritables philosophes de tout être humain » parce qu'en leur compagnie leurs petits-fils peuvent apprendre les choses *telles qu'elles sont* : ils ne voient pas seulement « la salle » mais aussi « la scène et tout, derrière la scène ».

Mon grand-père François n'était pas lettré ; je ne me rappelle pas qu'il y eût un rayonnage de livres dans son logement ; seuls quelques romans passés de mode, des ouvrages pratiques, un atlas, reposaient au fond du cagibi. Mais le véritable philosophe est-il celui qui parle avec éclat et celui qui agit, ou bien celui qui, silencieux, mystérieux, incite plus tard à réfléchir sur soi et à agir en conséquence ?

Parmi toutes les lectures m'ayant servi dans mon enquête, il en est une qui me touche particulièrement. Il s'agit d'un ouvrage technique publié en 1852 par un dénommé Couanon, directeur du *Journal des marchands-tailleurs*, imprimé à Paris et intitulé *Le Parfait Tailleur*. Je l'ai déniché l'an dernier chez un bouquiniste et j'ai été surpris, en tournant les pages, par l'excitation qui m'a envahi à ce moment-là.

Ce Couanon écrit : « La profession de tailleur est la meilleure de toutes celles que je connaisse ; tous les jeunes gens qui s'y destinent sortent bientôt de cet état d'ilotisme où sont encore plongées les autres corporations, pourvu qu'ils aient un peu de goût et de talent (...). Les apprentis se font presque tous dans les campagnes, là où précisément l'éducation se trouve la plus arriérée. Lorsqu'ils ont terminé leur apprentissage, animés du désir de s'instruire et de se fortifier dans leur partie, ils vont travailler dans les villes... »

Dans l'Antiquité, les ilotes étaient les esclaves des Spartiates, que ceux-ci soumettaient aux travaux de la terre. De là peut-être est née l'idée, après la Genèse, que la terre condamne à la servitude. Ce n'est certes pas l'idée de Virgile dans ses *Géorgiques*, qui voit, à l'inverse, dans la terre et les soins à lui prodiguer la noble condition des hommes, mais c'est ce qu'a dû penser François en quittant sa campagne pour devenir tailleur. Son avenir n'était pas au village, et son apprentissage dans le quartier messin de Saint-Ferroy était celui de sa liberté. Commencer par soi-même quelque chose de nouveau, c'était aussi pour le jeune homme de quinze ans qu'il était rompre avec sa lignée paysanne et travailler ailleurs.

Le Parfait Tailleur, je suis persuadé que François connaissait ce livre, il l'a eu entre les mains, en a étudié chaque chapitre. Son maître d'apprentissage lui en avait fourni un exemplaire, qu'il lisait le soir dans sa chambre de la Kammerplatz.

Contrairement à ce qu'écrit Couanon, François n'apprit pas son métier dans sa campagne originelle mais en ville, et quand il eut achevé apprentissage, service militaire et Grande Guerre, c'est à Lorry qu'il installa son atelier, dans la maison de famille. Il y habilla d'abord ses voisins et ses camarades.

Il n'y a pas de souvenirs de cela, ni directs, ni indirects, ni personnels, ni rapportés. Il y a ce qu'on voit dans le présent, les images biographiques que l'on forme à partir d'indices de rien, les intuitions qui naissent du cœur.

Je vois mon grand-père couper, coudre, rabattre et assembler des pièces de tissu noir ou couleur taupe, gris fer ou pain brûlé. Je le vois façonner des tabliers, des sarraus de labour, des vareuses, des vestes rondes pour les dimanches et pour la messe, les jours de fête et le café d'en face. Il est midi, les vestes chatoient, les hommes sont beaux et les femmes les regardent. Puis en hiver, il se met à tailler des manteaux. De petits notables des bourgs voisins ont entendu parler de lui. Quelquefois même des redingotes. Pas d'amazones encore, ni de costumes marins. François coupe et coud au rez-de-chaussée de sa maison, comme naguère Fratin père, le taxidermiste.

Son père et sa mère, mes arrière-grands-parents, ses sœurs aussi continuent d'exploiter leurs cultures fruitières, peut-être les aide-t-il quelques heures par semaine, mais ce n'est même pas sûr. Dans les villages alentour, où l'on a déplanté la vigne après les attaques du mildiou et du phylloxéra, une petite prospérité regagne du terrain. Chaque mois, de nouveaux clients pénètrent dans l'avant-cour au joli calvaire, en face de l'église, et font sonner le carillon.

Ce serait inexact d'affirmer que François est alors possédé par l'histoire. La maison de famille où il vit et travaille est son centre du monde. Et ce monde-ci lui appartient, il n'est plus le jouet d'une puissance étrangère. Vingt ans s'écoulent dont j'imagine qu'ils ont été les plus heureux de son existence. De façon exemplaire, il a recouvré son autonomie, accompli son métier d'artisan, quand d'autres, rescapés de la guerre et obéissant à leur père, ont repris le travail des champs. Peut-être lui arrive-t-il de coudre des vestes ou des pantalons pour des corps mutilés aux membres fantômes ? Peut-être l'appelle-t-on encore Franz ? Il n'en est pas chagriné car cela n'a rien à voir avec l'Allemagne, je crois. Ni mésestime, ni condescendance. Il s'agit d'un de ces usages ataviques, comme il en existe dans les communautés villageoises. François voit plus loin, il n'a pas trahi ses aspirations, embrasse le temps nouveau. La maison de famille est son centre du monde et c'est bientôt la fin de mon histoire.

Après cela, c'est vrai, il y eut une autre guerre. L'Allemagne de Hitler mit l'Europe à feu et à sang, traitant les peuples qu'elle agressait comme les ilotes d'un Reich hégémonique. Des hommes en uniforme débarquèrent un soir à Lorry, trièrent la population du village. François, sa femme, ses sœurs et leurs enfants furent séparés de Jean et Anne, les grands-parents âgés de près de quatre-vingts ans. Après que François et les siens eurent été expulsés dans le Midi, les uniformes déportèrent le vieux couple en Allemagne, et des brutes à galons prirent leurs aises dans la maison.

Quand la guerre fut finie, que François et les siens retournèrent au village, apprirent la mort de Jean et Anne et découvrirent la maison familiale souillée, dévastée, les morceaux brisés de leur vie d'avant, c'est comme si un bandeau avait été tendu d'un bord à l'autre de la propriété : JE SUIS INHABITABLE.

La mémoire de ce qui eut lieu à ce moment-là – si mon grand-père s'est d'abord relogé ailleurs, chez des parents, des voisins, dans un autre village – a disparu. Mon père avait quinze ans, mon oncle Jack vingt-trois. Il est trop tard pour que je les interroge, mais, aujourd'hui, je crois savoir pourquoi, après que mon oncle se fut engagé dans l'armée française et que mon père eut achevé ses études, François est allé se retirer rue des Loges, pourquoi il a dit non au projet de ma grand-mère d'ouvrir un restaurant, pourquoi il est resté mutique les vingt années suivantes.

Au début de mon enquête, j'ai formé cinq ou six hypothèses (son caractère, l'orgueil, un dénuement économique, l'emprise de l'histoire, la vieillesse ou l'acquiescement à son destin). Je ne vois plus l'intérêt de les reprendre et de les distinguer, toutes me semblent plausibles, et néanmoins je suis maintenant presque certain, après avoir parcouru le trajet de sa vie, depuis Lorry jusqu'à la Kammerplatz, depuis Strasbourg jusqu'à Vauquois, depuis sa maison-atelier jusqu'au bourg de Pezens (où je ne suis pas allé), et puis de la rue des Loges et du jardin botanique jusqu'à sa pierre gravée dans son village natal, qu'il n'a jamais voulu que s'accorder avec lui-même.

Le monde confus dans lequel nous vivons nous leurre si souvent qu'on ne sait plus y reconnaître une liberté en acte et en pensée. La rue des Loges avait les traits de la réclusion, ce logement exigu l'isolait en partie des autres hommes et même de ses enfants, et combien dans son entourage se sont trouvés gênés, voire contrariés, non pas de ce que l'histoire avait défait en lui mais de ses silences, sa vie cachée, ce que plusieurs ont pris pour une forme d'indigence. Avons-nous été, comme l'employeur de Bartleby, empreints de culpabilité, cherchant à comprendre son retrait ? N'avons-nous pas vu qu'il était alors, pour chacun d'entre nous, une sorte de témoin ?

Le monde est confus et parfois décevant. Mais ce serait une erreur, je pense, d'affirmer que François a vécu rue des Loges une existence posthume, que sa vie s'était rétrécie, que c'était pour lui un malheur. Je crois qu'il y a trouvé le repos, un gîte pour sa mémoire, et l'occasion de rêver.

Tout espace réduit, aussi dépouillé soit-il, a ceci de précieux qu'il nous offre la solitude et l'immobilité dont nous avons besoin pour donner libre cours à nos pensées, à nos rêveries. « Dès que nous sommes immobiles, nous sommes ailleurs ; nous rêvons dans un monde immense. » L'étroit logement où mon grand-père s'est réfugié à partir des années 1950 était en vérité son coin de lumière. Il lui a permis de penser autrement, de rêver, non à une vie meilleure, plus douce ou florissante, mais de rêver, un point c'est tout, en rendant sa vie supportable.

Rêver, écrire, supporter le réel en le poétisant et en le racontant, c'est aussi ce que je cherche depuis le coin qu'est mon bureau. Comme beaucoup d'hommes de sa génération, François a sacrifié une partie de sa jeunesse, mais tout sacrifice ne renferme-t-il pas un pari ? Celui d'apprendre aux jeunes gens qui suivront comment il faudra vivre. Avec les autres, avec soi-même.

Et puis n'est-ce pas l'art du tailleur que de confectionner l'habit dont nous avons besoin en telle ou telle saison ? Le bon habit, le seul habit, l'habit seyant pour des temps intranquilles.

Sources

Images

p. 24 : *Il faut imaginer le procureur Varga…* (photo de presse/DR).
p. 60 : *Raide comme une statue…* (collection personnelle).
p. 95 : *La petite porte d'ombre…* (collection personnelle).
p. 113 : *Une émotion…* (collection personnelle).
p. 139 : *Galopant dans le temps…* (image extraite de Claude Simon, *Le Cheval*, 2015 © Les éditions du Chemin de fer et Bibliothèque littéraire Jacques Doucet/DR).
p. 157 : *Une canne qui ressemble…* (© Maison de vente Valoir – Pousse-Cornet/DR).

Textes et Musiques

Charles Dickens, *Un conte de deux villes*, trad. J. Métifeu-Béjeau, Gallimard, 1970.
Martin Amis, *Expérience*, trad. F. Maurin, Gallimard, 2003.
Marcel Proust, *Le Côté de Guermantes*, Gallimard, 2003.
Léon Tolstoï, *La Mort d'Ivan Ilitch*, trad. B. de Schlœzer, Stock, 1983.
Milan Kundera, *Le Rideau*, Gallimard, 2005.
Karl Ove Knausgaard, *Fin de combat*, trad. J.-B. Coursaud, Denoël, 2020.
Franz Kafka, *Nouvelles et récits*, trad. J.-P. Lefebvre, Gallimard, « Bibl. de la Pléiade », 2018.
Herman Melville, *Bartleby le scribe*, trad. P. Leyris, Gallimard, 1995.
Gilles Deleuze, *Critique et Clinique*, Minuit, 1993.
David Albahari, *L'Appât*, trad. G. Iaculli et G. Lukić, Gallimard, 1999.
E.-W.-L. Davies, *Chasses aux loups et autres chasses en Basse-Bretagne*, trad. R. de Beaumont, Le Bout du Monde, 1985.
Claude Simon, *L'Acacia,* Minuit, 1989.
Mireille Calle-Gruber, *Claude Simon, une vie à écrire*, Le Seuil, 2011.
Dante, *Œuvres complètes*, trad. A. Pézard, Gallimard, « Bibl. de la Pléiade », 1965.
André Pézard, *Nous autres à Vauquois*, La Table Ronde, 2016.
Franz Schubert, *Quatuor à cordes n° 14, « Der Tod und das Mädchen »,* D. 810, 1824.
Paul Simon, *The Sound of Silence*, avec Art Garfunkel, Columbia, 1964.
Botho Strauss, *La Dédicace*, trad. J.-C. Hémery, Gallimard, 1979.
Thomas Mann, *La Montagne magique*, trad. M. Betz, Fayard, 1961.
Thomas Bernhard, *Un enfant*, trad. A. Kohn, Gallimard, 1984.
Couanon, *Le Parfait Tailleur*, Bureau du Journal des marchands-tailleurs, 1852.
Gaston Bachelard, *La Poétique de l'espace*, PUF, 1957.

Merci infiniment à Nicolas Auzanneau, Karin Bassti, Olivier Cohen, Christian Debize, Patricia Duez, Gilles Dutertre, Jeanne Grange, Gilles Ortlieb, Patou et Éric Poitevin, Laurence Renouf, Nathalie Zberro.

Et infiniment à Catherine.

RÉALISATION : NORD COMPO À VILLENEUVE-D'ASCQ
IMPRESSION : NORMANDIE ROTO IMPRESSION S.A.S. À LONRAI
N° D'IMPRESSION : 2101922
DÉPOT LÉGAL : AOÛT 2021. N° 1841
IMPRIMÉ EN FRANCE